光文社文庫

落日悲歌

アルスラーン戦記③

田中芳樹《よしき》

光　文　社

目次

主要登場人物

アルスラーン……パルス王国第十八代国王《シャーオ》アンドラゴラス三世の王子

アンドラゴラス三世……パルス国王

タハミーネ……アンドラゴラス三世の妻でアルスラーンの母

ダリューン……アルスラーンにつかえる万騎長《マルズバーン》。異称「戦士のなかの戦士《マルダーンフ・マルダーン》」

ナルサス……アルスラーンにつかえる、もとダイラム領主。未来の宮廷画家

ギーヴ……アルスラーンにつかえる、自称「旅の楽士」

ファランギース……アルスラーンにつかえる女神官《カーヒーナ》

エラム……ナルサスの侍童《レータク》

イノケンティス七世……パルスを侵略したルシタニアの国王

ギスカール……ルシタニアの王弟

ボダン……ルシタニア国王につかえる、イアルダボート教の大司教

ヒルメス……銀仮面《ぎんかめん》の男。パルス第十七代国王オスロエス五世の子。
アンドラゴラス三世の甥《おい》
暗灰色の衣の魔道士《あんかいしょくのころものまどうし》……？
ザッハーク……蛇王《へびおう》
バフマン……パルスの万騎長。最年長の老将軍
キシュワード……パルスの万騎長。異称「双刀将軍《ターヒール》」
カリカーラ二世……シンドゥラ国の国王《ラージャ》
ガーデーヴィ……カリカーラ二世の王子。母は貴族
ラジェンドラ……カリカーラ二世の王子。母は女奴隷
マヘーンドラ……シンドゥラ国の世襲宰相《ペーシュワー》
告死天使《アズライール》……キシュワードの飼っている鷹《シャヒーン》
アルフリード……ゾット族の族長の娘

第一章　国境の河

I

峡谷《きょうこく》を吹きぬける風は、かわいた冷気の刃《やいば》で夜をつらぬいてくる。

ラジェンドラ王子にひきいられたシンドゥラ軍五万は、その非友好的な気象条件のなか、パルスとの国境を流れるカーヴェリー河をこえて西へと進んでいた。

強大にして栄華を誇るパルスも、西北方から侵入してきたルシタニア軍のために大敗し、王都エクバターナは占領され、国内は混乱しているという。その隙《すき》に、永年にわたる国境紛争をかたづけ、広大な領土をもぎとってやろう。そうなれば、ガーデーヴィ王子との王位継承のあらそいに、有利な条件となるにちがいない。それがラジェンドラ王子の野心であった。

「ガーデーヴィめに、先をこされてたまるものか。シンドゥラ国の歴史に、不滅の名をきざみこむのは、このおれよ」

夜目にも浮きあがって見える純白の馬に、黄金の鞍《くら》をおいたラジェンドラ王子は、憎みあう異母兄弟の名を、侮蔑《ぶべつ》をこめて呼びすてた。

この年は、パルス暦三二〇年であるが、シンドゥラ暦では三二一年にあたる。じつのところ、シンドゥラは建国して二百五十年ほどしか経過していないのだが、建国者クロートゥンガ王が即位したとき、七十年ほどさかのぼって、国の暦をさだめた。クロートゥンガ王の祖父が誕生した年にあわせた、というのだが、そのような説明を誰ひとり信用してはいない。仲の悪い隣国パルスに対して、「わが国のほうが歴史が古いのだ」と誇示《こじ》してみせているのだった。

パルスとしては、不愉快きわまるが、他国に暦を変えるよう強制はできない。一方的に戦争に勝ちでもしないかぎり、そんなことは不可能である。パルスの不快感をよそに、シンドゥラ国はまた一年、また一代、と歴史をつみかさねていった。

そして、現在、国王《ラージャ》カリカーラ二世が病《やまい》に倒れ、ふたりの王子が王位をめぐって争っているのだった。

ラジェンドラ王子は二十四歳で、パルスの王太子アルスラーンより、ちょうど十歳の年長である。シンドゥラ人らしい、濃い小麦色の肌と、鑿《のみ》でけずったように深く彫《ほ》りこまれた目鼻だちをしており、笑うと蕩《とろ》けそうな愛敬《あいきょう》があるのだった。ところが、この愛敬こそがくせものだ、というのが、彼に敵対するガーデーヴィ王子と、その一党の考えである。

「愛想笑いをしながら、相手の咽喉《のど》をかき切るのが、ラジェンドラめの本性なのだ」

と、腹ちがいの兄弟であるガーデーヴィは、にがにがしく、はきすてる。

「そもそも、ラジェンドラめが、おとなしく私の王位継承を認めれば、何も波乱はおきなかったのだ。私のほうが、ひと月とはいえ先に生まれたのだし、母親の身分も高い。豪族たちの支持もある。最初から、やつの出番など、ありはしなかったのに」

腹ちがいの兄弟が王位を争うとき、母親の身分が高いほうが有利になるのは、いずこの国も同じである。その点で、ガーデーヴィの主張は、不当なものではない。これに対して、ラジェンドラのほうにも言分《いいぶん》がある。これがなかなか、どぎついものであった。

「おれのほうが、才能からいっても器量からいっても、王としてふさわしい。おれがいうのだから、まちがいない。ガーデーヴィもそう無能というわけではないが、おれと同時代に生まれたことが、やつの不幸だな」

ずうずうしい言種《いいぐさ》ではあるが、とにかく彼はシンドゥラ国内の反ガーデーヴィ派を結集することに成功した。彼は、異母兄弟にくらべて、ずっと気前がよかったし、下級兵士や貧しい民衆に人気があったのだ。ガーデーヴィは、民衆の前にまったく姿を見せず、王宮や豪族たちの荘園でばかり生活している。ラジェンドラのほうは、気軽に街へ出て、大道芸人の踊りを見物したり、商人と景気の話をしたり、酒場で酔ってさわいだりした。こうなると、民衆の目から見れば、ガーデーヴィがお高くとまっているように思えるのは、しかたがない。

そして、先月、ガーデーヴィがパルス国内へ兵を出して失敗すると、ラジェンドラは、自分の手でそれを成功させようとこころみたのである。


カーヴェリー河の西岸、パルスの東方国境には、ペシャワールの城塞《じょうさい》が、巍然《ぎぜん》としてそびえたっている。

東方、絹の国《セリカ》へとつづく大陸公路を扼《やく》したこの城塞は、赤い砂岩で築かれた城壁のなかに、二万の騎兵と六万の歩兵をかかえている。そして、いま、単にパルスにおける最重要の軍事拠点というだけでなく、パルス王朝を再興するための本拠地となっているのだった。先日、パルスの王太子であるアルスラーンが、少数の部下に守られて、この城塞に到着したのである。

アトロパテネの会戦において、パルス軍が侵略者ルシタニア軍のために惨敗して以来、国王《シャーオ》アンドラゴラス三世、王太子アルスラーン、ともに行方不明であったが、ようやくパルス軍にとって主君とあおぐべき人物が姿をあらわしたわけであった。

アルスラーンは十四歳の、まだ未熟な少年であり、したがう部下は男女あわせて六名でしかない。だが、国王アンドラゴラスの生死がわからない以上、王太子である彼が、パルスの独立と統一を象徴する、ただひとりの人物だった。そして、彼の部下のうち、すくなくとも、パルス最年少の万騎長《マルズバーン》であったダリューンと、ダイラム地方の旧領主であったナルサスとは、この国を代表する人材であろう、と見られている。

その夜は長く、事件《こと》が多かった。アルスラーンを執拗《しつよう》につけねらう銀仮面の男を、城壁から追い落とした、その直後に、シンドゥラ軍来襲の報がもたらされたのだった。

銀仮面の男を追いつめるどころではない。

ペシャワールの城塞を守る責任者は、ふたりの万騎長《マルズバーン》、バフマンとキシュワードであったが、年老いたバフマンが、このごろいちじるしく精彩を欠くため、もっぱらキシュワードが防戦の指揮をとらなくてはならなかった。

アルスラーン王子の軍師役をつとめるナルサスは、侵略者ルシタニア軍に支配された王都エクバターナを奪還するため、知恵をしぼっていた。

ナルサスの構想では、このさい六万の歩兵は戦力として計算しないことにしていた。理由はふたつある。ひとつは政治的なもので、将来アルスラーンが王位についたとき、奴隷《ゴラーム》を解放すると宣言することになるだろう。パルスでは歩兵とは奴隷のことであるから、彼らを解放してやったほうが首尾が一貫する。彼らの将来については、すでにナルサスには腹案があった。

もうひとつの理由は、軍事的なものである。六万人の歩兵を動かせば、六万人分の糧《りょう》食《しょく》が必要になる。ペシャワール城には、現在のところ充分な糧食があるが、これは城塞にとどまって敵と戦う場合である。八万の将兵が遠く出征するとなれば、糧食を輸送しなくてはならず、輸送するための牛馬や車が必要になる。それをそろえるのが容易ではない。たとえそろえたとしても、行軍の速度が落ちる。それよりは、騎兵のみで迅速に行動したほうが、補給の負担がかるくなるのだ。

だが、さしあたり、王都奪還作戦の前に、目前の敵シンドゥラ軍をかたづけなくてはならない。アルスラーンの相談を受けたナルサスは、おちつきはらっていた。

「ご心配なく、殿下《でんか》。わが軍が勝つというより、シンドゥラ軍が敗れるべき三つの理由がございます」

「それは？」

アルスラーンは、晴れわたった夜空の色をした瞳をかがやかせ、身を乗りだした。かつて王宮で生活していたとき、教師から軍略や用兵について学んだことがあるが、おもしろいと思ったことはない。だが、ナルサスの説明は、いつも具体的で説得力にとみ、アルスラーンの興味をそそる。

　ナルサスは直接は答えず、友人を見やった。

「ダリューン、おぬしは絹の国《セリカ》に滞在した経験がある。かの偉大な国で、戦うにあたって注意すべき三つの理《ことわり》とは何か、学んだだろう」

「天の時、地の利、人の和のことだ」

「そういうことだ。——殿下、このたびシンドゥラ軍は、その三つの理をすべて犯しております」

　ナルサスは説明した。まず、「天の時」だが、季節はいま冬であり、暑さになれた南国シンドゥラの兵士にとっては、つらい時季である。シンドゥラ軍が最強の戦力として誇るのは、戦象《せんぞう》部隊だが、象はことに寒さに弱い。これが天の時を犯したということである。

　第二に「地の利」だが、シンドゥラ軍は国境をこえて、しかも夜、行動している。夜明けまでに奇襲をかける気だろうが、地理に不案内な者にとっては、無謀というべきである。

　そして第三に「人の和」だが、ガーデーヴィにせよラジェンドラにせよ、王位を争っているにもかかわらず、一時の欲に駆られて、パルスに侵攻してきた。もし競争相手に知られたら、後方から襲いかかられるであろう。この危険をシンドゥラ軍が背おっているかぎり、たとえ大兵力でも恐れる必要はない。

「私ども、殿下のおんためにシンドゥラ軍をうち破り、ついでに、この二、三年ほどは東方国境を安泰《あんたい》にしてごらんにいれましょう」

平然として、ナルサスは一礼してみせた。

II

赤い砂岩の城壁にかこまれたペシャワール城の中庭と前庭は、出動する人馬でごったがえした。

それらの基本的な指揮は、ペシャワールの司令官である万騎長《マルズバーン》キシュワードがとる。馬上からきびきびと命令をくだし、兵士たちの動きは、いそがしげではあっても混乱がない。甲冑《かっちゅう》をまとい、愛馬にまたがったダリューンとナルサスが、その光景を見ながら小声で語りあっていた。

「少数の兵で多数の兵を破る、というのは、用兵上の邪道《じゃどう》だ、と、おぬしは言っていたではないか。考えが変わったのか？」

「いや、変わってはいない。用兵の正道は、まず敵より多くの兵力をととのえることだからな。だが、今回、あえて邪道を行こうと、おれは思っている。理由はこうだ」

ナルサスは親友に説明した。

吾々《われわれ》としては、アルスラーン殿下ここにあり、という事実を、パルス全土に知らしめる必要がある。それには、事実をもって宣伝するのが、もっともよい。そして、名声を一挙に高めるには、少数の兵で大軍を撃破することである。ひとたび名声を確立すれば、それを慕《した》って、味方はおのずと集まってくる。

「今回、吾々は国境をこえて、シンドゥラの領内で戦うことになる。そう多くの兵を動かすのはむりだ。それに……」

ナルサスは、知的な顔に、意地わるくもあり、いたずらっぽくもある表情をひらめかせた。

「それに、吾々の兵力がそう多くはない、と思わせておくほうが、何かと便利なのでな。ダリューン、おぬしにはとにかくラジェンドラ王子を生かしたまま捕えてもらう」

「ひきうけた。生死をとわず、なら楽でよいのだがな」

侵入してきたラジェンドラ軍は、およそ五万。総指揮官はラジェンドラ王子であることが、すでに斥候《せっこう》の報告で判明していた。キシュワードは、東方国境の守り手として、責任を充分にはたしている。ただ双刀をふるって戦うだけの男ではない。

彼のもとへ、ナルサスが馬を寄せた。

「キシュワードどの、騎兵を五百ほど貸していただきたい。それに、地理にくわしい案内人をひとり、お願いする」

「こころえた。だが、わずか五百でよいのか。ひとけた上でもかまわぬが」

「いや、五百で充分。それと、しばらくは防戦に徹して、城から出撃せずにいただく。シンドゥラ軍が退却をはじめれば、合図を送るゆえ、そのとき追撃すれば、勝利は労せずして手にはいるだろう」

ファランギースとギーヴには、アルスラーンの身辺を護衛するよう依頼して、ナルサスは、案内人を呼び、手ばやくうちあわせをした。

すべての手配をすませてから、ナルサスはアルスラーンに事情を説明し、彼の手配に対する承諾を求めた。王子は答えた。

「ナルサスが決めてくれたことなら、私に異存はない。いちいち許可など求めなくてもよい」

ダイラム地方の旧領主である若い軍師は、自分を信頼してくれる王子に笑いかけた。

「殿下、策をたてるのは私の役目でございますが、判断と決定は殿下のご責任。ごめんどうでも、今後とも、いちいちご許可をいただきます」

「わかった。だが、今夜のこと、ひとたび城門を出たら、おぬしとダリューンとのやりやすいようにやってくれ」

その返答をえて、ナルサスは今度は彼の侍童《レータク》であるエラム少年を呼んだ。彼にやってもらうべきことの手順を説明していると、赤みをおびた髪に水色の布を巻きつけた十六、七歳の少女が寄ってきた。ナルサスの将来の妻と自称するアルフリードである。

「エラムにできることだったら、あたしだってできるよ。何でも言いつけて」

「出しゃばり女！」

「うるさいわね、あたしはナルサスと話してるんだから」

「まあまあ、ふたりで手分けしてやってくれ」

と、ナルサスは苦笑しつつ少女と少年をなだめ、シンドゥラ語の文章を書いた羊皮紙《ようひし》を手わたした。これはパルス文字で書かれ、蛍光物質をまぜたインクが使われているので、暗闇《くらやみ》でも読める。シンドゥラ語の意味がわからなくとも、大声で叫べばよいのだ。

ナルサスはいそがしい。少年と少女がはりきって駆け去ると、あらためてファランギースとギーヴに頼んだ。

「ファランギースどの、どうかバフマン老の言動に注意していてくれ。あの老人、あるいは自ら死を求めるかもしれぬ」

美貌《びぼう》の女神官《カーヒーナ》は、緑色の宝石に似た瞳を、きらりと光らせた。

「つまり、バフマン老のかかえている秘密はそれほどに恐ろしいものであるというわけか。死をもって隠さねばならぬほどの」

「すくなくとも、あの老人にとってはな」

ナルサスのことばに、ギーヴが皮肉っぽく両眼を光らせた。

「だがな、ナルサス卿《きょう》、おぬしとしては、むしろそのほうが好ましいのじゃないか。あの老人はどうも暗くて重くるしい秘密をかかえこんでいる。あげくに、その重みで、自分から地面に沈みこもうとしている。いっそ放っておいて自滅してもらったほうが、あとくされがないように、おれには思えるがね」

ファランギースは沈黙しているが、ギーヴの辛辣《しんらつ》な意見にかならずしも反対してはいないように見えた。

「それは、あの老人が一言もしゃべらぬうちのこと。ああも思わせぶりなことを言ってしまった以上、知るかぎりの秘密を明かしてもらわねば、かえって病根が後まで残ってしまう」

「そういうものかな」

「死なれてから後悔してもおそいゆえ、くれぐれも頼んだぞ」

ナルサスは、ゆきかう人馬の隊列をさけながら、城門前の広場まで馬を歩ませた。すでにダリューンは五百の騎兵をそろえてナルサスが来るのを待っていた。

「ダリューン、おぬしに問う。あくまで仮定のことだ。もしアルスラーン殿下が、王家の正統な血をひいていないとしたらどうする？」

黒衣の騎士の返答は、毅然《きぜん》として、ゆるぎを見せなかった。

「いや、どのような事情、どのような秘密があろうとも、アルスラーン殿下は、おれのご主君だ。まして、殿下ご自身は、その事情なり秘密なりに何のご責任もないのだからな」

「そうだな、おぬしには尋《き》くまでもなかった。由《よし》ないことを口にした。赦《ゆる》してくれ」

「そんなことはどうでもよい。それより、ナルサスよ、おぬしもよく殿下につくしてくれているが、殿下のご器量を、じつのところどう量《はか》っているのだ？　よければ教えてくれぬか」

「ダリューン、おれが思うに、アルスラーン殿下は主君としてえがたい資質を持っておられる。おぬしにはわかってもらえることと思うが、殿下は、およそ部下に対して嫉妬《しっと》というものをなさらない」

「ふむ……」

「なまじ自分の武勇や智略に自信があると、部下の才能や功績に対して、嫉妬をいだくものだ。あげくに、疑い、恐れて、殺してしまったりする。そのような暗さは、アルスラーン殿下にはない」

黒い冑《かぶと》の下で、男っぽいダリューンの顔がかるい困惑の色をたたえた。

「おぬしのいうことを聞いていると、何やらアルスラーン殿下は、ご自分が無能であるとご承知であるゆえ、それでよい、と、そう聞こえるが……」

「そうではない、ダリューン」

ナルサスは笑って頭を振った。ダリューンの頭髪が、その黒衣の一部分をなすような黒髪であるのに比べると、ナルサスの頭髪は色が淡い。パルスには、古来、東西からさまざまな民族や人種が流入し、髪や目の色は、じつに多彩である。

「ダリューン、おれたちは、いわば馬だ。多少うぬぼれてもよいなら、名馬のうちにはいるだろう。さて、アルスラーン殿下は騎手だ。名馬を乗りこなす騎手は、名馬と同じくらい速く走らねばならぬものだろうか？」

「……なるほど、よくわかった」

ダリューンは一笑してうなずいた。

やがて、ふたりは五百の軽騎兵《けいきへい》をひきいて夜の城門を出ていった。その出立のありさまを、中庭に面した露台《バルコニー》から、アルスラーンが見おろしている。黄金の冑が星あかりと松明《たいまつ》の光の波をうけてかがやいていた。

「ダリューン卿とナルサス卿が指揮すれば、五百騎が五千騎にまさる働きをいたしましょう。殿下は、私どもといっしょに、吉報をお待ちになればよろしゅうございます」

万騎長《マルズバーン》キシュワードはそう言い、アルスラーンも同意したのだが、すこし落ちつかない気分もする。いつもダリューンやナルサスに危険なことをさせ、自分は安全な場所にいるような感じなのだ。王太子である自分こそがすすんで危険を冒すべきではないのだろうか。

「殿下はここにいらっしゃるべきです。でなければ、ナルサス卿やダリューン卿は、どこへ帰ればよいのですか」

ファランギースが微笑してそう言ってくれたので、アルスラーンはやや赤面してうなずいた。自分がみだりに動きまわるより、ダリューンやナルサスにまかせておくほうが、よい結果を生むに決まっている。それにしても、人の上に立ってじっとしているということは、それだけで充分、未熟な人間には負担になるものだった。

中庭に面した露台《バルコニー》にアルスラーンを残して、ファランギースが、キシュワードのところへ警備のうちあわせに行こうとしたとき、ギーヴが廊下を歩いてくるのに出あった。

「どこへ行っていたのじゃ？　アルスラーン殿下のおそばにいてもらわねばこまるではないか」

「すぐ行く。じつはあの老人の部屋をね、ちょっとのぞいてみたんだが……」

「例の大将軍《エーラーン》からの手紙か」

「そういうこと」

キシュワードの僚友《りょうゆう》である万騎長《マルズバーン》バフマンは、アトロパテネ会戦で死去した大将軍《エーラーン》ヴァフリーズの戦友であった。ヴァフリーズは、会戦の直前に、バフマンに手紙を送り、何やらパルスの王室について重大な秘密をうちあけたようなのである。

その手紙を、バフマンはどこに隠しているのか、ギーヴならずとも気になるところであった。

「あの爺《じい》さんが死ぬのはかまわんが、例の手紙が妙なやつの手にはいったら、ややこしいことになるかもしれんからな」

ギーヴ自身が、他人からはしばしば「妙なやつ」と思われているのだが、そのことは棚にあげている。

ファランギースと別れて、アルスラーンのいる露台《バルコニー》の方角へ歩きだしたギーヴが、廊下の半ばで足をとめた。腰の剣に手をかけ、視線を周囲の壁に走らせる。彼の目にとまる人影はなかった。

「……気のせいか」

つぶやいて、ギーヴが歩きさった後、無人の廊下に奇怪な現象が生じた。

低い、悪意に富んだ笑声が、わずかに空気を波だてた。石畳《いしだたみ》をしきつめた廊下の隅で、二匹の小ねずみが古いパンのかけらを仲よくかじっていたが、おびえたように鳴声をあげて身がまえた。その笑声は、石壁のなかから洩《も》れており、しかも、壁のなかをゆるやかに移動していたのである。

III

シンドゥラ軍にとって、異変は、ごくささやかに開始された。

なにしろ、敵国の領土内、しかも夜のことであるから、行軍の秩序はきびしい。隊列をはずれたり、落伍《らくご》したりする者がいないよう、士官たちは目を光らせていた。糧食輸送の部隊でも、小麦や肉をつんだ牛車の周囲を、槍兵たちの壁が厳重に守っていた。

だが、上方を守ることは不可能である。乾いた寒風に首をすくめながら行軍していた糧食輸送の兵士たちは、風の音が異様にするどく変わったのに気づいた。だが、その意味に気づくより先に、彼らの頭上から数十本の矢が降りそそいできたのである。

悲鳴があがった。兵士たちは、士官に命令されて、槍《やり》をかまえ、周囲からの攻撃にそなえた。

　だが、車をひいていた牛に、矢が命中したとき、混乱は爆発的に拡大した。牛が悲鳴をはなって暴走をはじめる。牛にはねとばされた兵士が、べつの兵士をつきたおし、倒れたところを牛と荷車がひき殺す。

　せまい道を、密集隊形で通ろうとしていたため、人と牛と車が、押しあい、ぶつかりあい、つきたおしあって、たちまち士官の制止など役にたたなくなってしまった。

「敵襲だ！」

　叫び声がおこった。注意すれば、それが少女と少年の声であることに気づいたのかもしれない。

「敵襲だ！　パルス軍ではない、ガーデーヴィ王子の軍が後方から攻めて来たぞ！」

　ひとたびその声が、シンドゥラ軍に浸透すると、あとはシンドゥラ兵自身が、勝手に流言《りゅうげん》を拡大してしまう。夜と、矢と、流言とが渦まくなかで、シンドゥラ軍の混乱と狼《ろう》狽《ばい》は急速にふくれあがっていった。

「何ごとだ。何のさわぎだ？」

　白馬の背で、ラジェンドラ王子は眉《まゆ》をひそめた。ペシャワールの城塞を目前にして、軍の後方から混乱がつたわってきたのだから、不安と不快を感じずにはいられなかった。そこへ、血相をかえた士官のひとりが、後方から馬をとばして報告にきたのである。

「ラジェンドラ殿下、一大事でございます」

「一大事とは何ごとだ」

「かのガーデーヴィ王子が、大軍をひきつれて、わが軍の後尾に襲いかかってきた由にございます」

「なに!? ガーデーヴィが……」

ラジェンドラは、息をのんだが、すぐ、驚愕《きょうがく》からたちなおってどなった。

「そんなばかな話があるか。おれがここにいることを、なぜガーデーヴィが知っているのだ。何かのまちがいだろう。もう一度、確認してみろ」

「ですが、殿下、あるいはこれまでの吾々《われわれ》の行動、すべてガーデーヴィめの一党に、ひそかに監視されていたのかもしれませぬ」

この主張は、じつは順序が逆なのである。ガーデーヴィ王子の奇襲、という「事実」を信じてしまったので、その確信を補強するために、いかにもありそうな推理を頭のなかで組み立ててしまったのだ。シンドゥラ軍が「人の和」を欠いていることを見ぬいた、ナルサスの流言戦法に、彼らはみごとに乗せられてしまったのである。

ラジェンドラの側近たちは動揺した末、口をそろえて若い君主に進言した。

「殿下、このように狭い道で後方を断たれては、戦いに不利でございます。もし前方からパルス軍が突出してくれば、挟撃されてしまいます。ひとまず、カーヴェリー河畔《かはん》までお退《ひ》きくださいませ」

「何も得ることなく退くのか」

舌うちしたが、ラジェンドラは、味方の動揺が、これから拡大するであろうことを見ぬいた。むりに前進しても意味がない、カーヴェリー河まで退こう。そう決意して、後退を命じた。

ところが、命じたら命じたで、それが混乱の種に肥料をまくことになるのだ。指揮官の判断が、どれほど速く、正確に末端までとどくか。それは軍隊の質を決する要素なのだが、この夜のシンドゥラ軍は、もはや浮足だって統一した行動などとれそうになかった。ある部隊は退こうとし、べつの部隊は前進し、さらにべつの部隊はようすを見ようとじっとしているうちに、前後からの混乱に巻きこまれてしまう。

「ラジェンドラ王子、殿下にいそぎ申しあげたきことあり。殿下はおわすや!?」

闇のなかからそう問われたとき、すぐに怪しむべきだったかもしれないが、ラジェンドラは、五万の大軍に守られた身の安全を信じていた。ナルサスにいわせれば、人数をそろえ後の運用に問題があった——ということになろう。

「ラジェンドラはここにいる。何がおこったのか」

「一大事でございまして」

「一大事は聞きあきた。いったい何だ」

「シンドゥラ国のラジェンドラ王子が、不幸にもパルス軍の手にとらわれ、捕虜となられた由」

「何っ」

そのとき、前方の闇が大きくどよめいた。

一条の細い火が夜空へ伸びたと見る間に馬蹄《ばてい》のとどろきが夜の底から湧《わ》きおこった。ペシャワール城塞からキシュワードの軍が突出してきたのだ。

キシュワードの軍は、まず城門から前方の闇をめがけて矢の雨をあびせてから、長槍《ちようそう》の穂先をそろえて突っこんだ。シンドゥラ軍の人垣《ひとがき》をしたたか突きくずしておいて、深入りを避けて後退する。つられてシンドゥラ軍の先頭が前進すると、矢の射程内にひきずりこんで、矢を射かけ、ひるんだところをまた突きくずすのだ。

「ラジェンドラ殿下、当方の予定どおり、捕虜となっていただく」

声とともに、なぎこまれてきた斬撃《ざんげき》を、ラジェンドラは、あやういところではじき返した。眼前で飛散した火花が、一瞬だけ相手の顔を照らしだした。若い、不敵な顔。シンドゥラ人の顔ではなかった。

たてつづけに撃ちこまれてくるナルサスの斬撃を、ラジェンドラはよく防いだが、十合《ごう》ほどでたちまち劣勢に追いこまれた。そこへ、反対側から、

「ナルサス、いつまで手間どっている!?」

もう一剣がおそいかかってきた。

ラジェンドラはあわてた。一対一でも勝利はおぼつかないのに、一対二となっては、どう抵抗しようもなかった。ラジェンドラは、シンドゥラ国の玉座《ぎょくざ》にすわるまで、死ぬつもりなどなかった。

剣をひき、馬首《ばしゅ》をめぐらして、ラジェンドラは逃げだした。それも、ただ逃げだしたのではない。この期《ご》におよんで、肩ごしに、すてぜりふを投げつけたあたり、いっそ見あげたものであった。

「今日のところは、ゆるしてやる。つぎに会ったら、生かしてはおかんぞ」

「世迷言《よまいごと》をぬかすな!」

ダリューンの剣が、夜風と、ラジェンドラの冑をかざる孔雀羽《くじやくばね》とを、一閃《いっせん》で斬りさいた。

あわてて首をすくめるラジェンドラに、こんどはナルサスの剣がおそいかかる。剣をあ

げて受けとめたが、ナルサスの手首がひるがえると、ラジェンドラの剣は相手のそれに巻きこまれ、夜の向うがわへはねとばされてしまった。

ラジェンドラは逃げだした。

白馬は駿足であり、ラジェンドラもへたな騎手ではなかった。だが、宝石や象牙細工をやたらと飾りたてた黄金の鞍《くら》は、疲れはじめた白馬には、いかにも重かった。それとさとったラジェンドラは、走りながら鞍の革紐《かわひも》をはずして放りだし、裸馬にまたがってさらに逃走をつづけた。

だが、夜目にもそれとわかる白馬に固執したのが、そもそもまちがいだったのだ。弓弦《ゆんづる》の鳴る音がひびいて、白馬は頸部《けいぶ》に矢を受け、高くいないてよろめくと地に倒れた。

ラジェンドラは、白馬の背から投げだされた。背中をしたたか地に打ちつけて息がつまる。ようやく起きあがろうとしたとき、いきなり、甲《よろい》の胸を踏みつけた者がいた。剣の尖先《きっさき》が白く光って、彼の鼻先につきつけられる。

「動くと死ぬよ、シンドゥラの色男」

若い女の声が、パルス語の台詞《せりふ》を投げかけてきたとき、ダリューンとナルサスもその場へ馬を駆けつけさせてきていた。

IV

夜が白々と明けかけたペシャワール城塞の中庭である。

シンドゥラ国の王子であるラジェンドラ殿下は、豪奢《ごうしゃ》な絹服と甲をまとったまま、縄で厳重にしばりあげられて、アルスラーンの前に引きだされた。縄をとっているのは、お手柄をたてたアルフリードである。

アルスラーンの前にあぐらをかいたラジェンドラは、怒り狂ってはいなかった。

「いやあ、まいったまいった、みごとにしてやられたわ」

パルス語で大声をあげ、陽気に笑う。内心はともかく、表情も声にも悪びれたところはなく、一国の王子らしい悠然《ゆうぜん》としたありさまだった。

「アルフリード、よくやってくれた」

アルスラーンが賞すると、ゾット族の族長の娘は、しおらしげに一礼した。

「いえ、ナルサス卿の策がよろしきをえたからでございます」

ナルサスに対して、「あたしの」などと所有権を主張しなかったので、ナルサスは内心で安堵《あんど》したかもしれない。

「ラジェンドラ王子、私はパルスの王太子アルスラーンです。いささか乱暴でしたが、お話したいことがあって、このようにご招待いたしました」

「おれはシンドゥラ国の王子で、次期国王《ラージャ》だ。話があるというのなら、この縄をほどき、王族としての礼遇をせよ。そのあとで、あらためて話を聞こう」

「ごもっともです。すぐにほどきます」

アルスラーンが自分でラジェンドラの縄をほどこうとしたので、ナルサスがダリューンに目くばせした。うなずいた黒衣の騎士が、アルスラーンに一礼して進みでると、腰の長剣を抜きはなった。

ラジェンドラが、ぎくりとして身を固くする。その身体《からだ》にむけて、刀身が白く鋭くきらめいた。

虚喝《はったり》である。だが、示威の効果はたしかにあった。身体の周囲に、切られて落ちた縄を見まわしながら、ラジェンドラが、かわききった唇を舌で湿《しめ》した。ダリューンの剣は、ラジェンドラの絹服に、糸ひとすじほどの傷もつけなかったのである。

「失礼しました。これで対等にお話できるかと思います」

「……まあいいだろう。話とは？」

「あなたと攻守同盟を結びたいのです。まずあなたがシンドゥラ国の王位につけるよう、お手伝いしてさしあげましょう」

先刻からのアルスラーンの話術は、ナルサスからあらかじめ教わったものである。

「私の国でも、すこし混乱がおこっております」

いささか、ひかえめすぎる表現を、アルスラーンは使用した。

「混乱とはどういう？」

「西方から、イアルダボート神を信仰するルシタニア国の軍が侵攻してきました。わが軍は善戦しましたが、残念ながら、かならずしも情勢はよくありません」

アルスラーンの背後で、ギーヴが人の悪い笑いを唇の端《はし》にひらめかせた。アルスラーンが、一生けんめいナルサス式の交渉術を学んでいるのが、おかしかったのである。

「ふん、では、おぬしのほうも何かと大変ではないか。おれを助けるというが、おれに比べてそう有利とも思われぬ」

「そのとおりです。ですが、私はすくなくとも異国の軍に囚《とら》われてはおりません。その分私のほうが有利です。ちがいますか？」

「……ちがわんね」

と、ラジェンドラは、ふてくされたように応じ、周囲の人垣にむけて視線を移動させた。

それはナルサスやダリューンの面上をかすめさったただけで、ファランギースの白い秀麗《しゅうれい》な顔に、しばらくとどまっていた。

「だが、だからといって、おれとおぬしとが同盟を結ぶ必要など、ないように思えるな。いろいろとおぬしは言いたてるが、つまるところ、おれの兵力を利用したいだけではないか。ばかばかしい。そんな話に誰が乗るものかよ」

アルスラーンの視線を受けて、ナルサスが組んでいた腕をほどき、おちつきはらって応じた。

「なに、嫌なら嫌で、いっこうにかまわぬ。おぬしの首に鎖をかけて、ガーデーヴィ王子に引きわたすだけのことだからな。ギーヴ、鎖を持ってきてくれ」

「ま、待て、そう性急に結論を出すものではない」

ラジェンドラはあわてた。わざとらしく、ギーヴが、奴隷用の鎖を地へ投げだしてみせたからである。落ちつかなげに腰を浮かせかけ、またすわりなおす。このあたり、ラジェンドラは、策謀家を自負してはいても、底が浅いか、人が好《よ》いか、どちらかであろう。あるいはその両方かもしれない。

「おれをガーデーヴィに引きわたしたところで、やつは感謝などせんぞ。いや、悪辣《あくらつ》なやつのことだ、異母兄弟を殺したという口実でおぬしらに攻撃をしかけるやもしれぬ」

ラジェンドラの主張を、ナルサスは鼻先で笑ってみせた。

「ガーデーヴィの思惑など、どうでもよい。おぬしが盟約を拒絶するというなら、こちらは意趣《いしゅ》がえしをするだけのことだ。ことは単純きわまる。そうではないか」

「待て、まて、盟約を結ぶにしても、おれの一存だけでは決まらぬ。シンドゥラの民に事情を説明する手間も必要だし」

「ご心配なく」

「ご心配なく、といわれても……」

「すでにシンドゥラ国内には、殿下の部下の方々をもって、通達してござる。ラジェンドラ王子は、パルス国のアルスラーン王太子との間に、友誼《ゆうぎ》と正義にもとづく盟約を結び、シンドゥラ国に平和をもたらすため、国都ウライユールへ進撃を開始した、と」

「……………！」

大きな目をむいたきり、ラジェンドラは瞬間声もでない。

「二、三日のうちに、この知らせはシンドゥラ国都ウライユールにまでとどくでござろう。喜ぶ者もいれば怒る者もいようが、とにかくラジェンドラ殿下のご決断は、すでに母国の人々が承知するところでござるよ」

ラジェンドラは濃い小麦色の肌に汗をにじませた。すべてナルサスの思うがままに、事を運ばれた。その事実を、認めないわけにはいかなかった。何よりも、彼の生死は、いまいましいパルス人どものうちにあるのだ。

「よし、わかった」

重々しいというより、もったいぶった声を、ラジェンドラは上下の歯の間から押しだした。

「盟約を結ぼう。いや、パルス国の王太子どのよ、おれはおぬしが気に入ったぞ。年齢《とし》のわりにしっかりしているし、何よりも、すぐれた部下をお持ちだ。盟友として、頼るにたりる。この上はおたがいのために力をつくしあおうではないか」

……とにかく盟約が成立したので、ラジェンドラは捕虜から賓客《ひんきやく》へと待遇が変わることになった。むろん自由など許されず、午後の祝宴まで、鄭重《ていちよう》に一室にとじこめられた。

そして祝宴がはじまると、ラジェンドラはますます陽気な客人になった。

「さあ、酒をいただこう。アルスラーンどの、おぬしも子供だからとて遠慮なさるな。男と生まれたからには、酒をくらい、女をだき、象を狩り、国を奪う。失敗すれば逆賊として死ぬだけのことよ」

大きく口をあけて笑うと、奥歯まで丸出しになる。酒を飲む、料理を食べる、しゃべる、シンドゥラの民謡を歌う。あれが歌か、水牛のいびきだ、と、ギーヴは毒づいたが、とにかくシンドゥラの王子は休みなく口を動かしつづけていた。

やがてラジェンドラは自分の座を立って、ファランギースの隣に腰をおろした。先刻から、彼女のきわだった美貌に目をつけていたのだ。パルス語とシンドゥラ語をまぜあわせて話しかけ、ひとこと言うたび、彼女の銀杯に酒をそそぎこむ。そのうち彼女をはさんでラジェンドラの反対側にギーヴがすわりこんだ。何かとラジェンドラを牽制《けんせい》しつつ、自分の手にした酒瓶《さかびん》から、ファランギースの銀杯に酒をつぎはじめる。

途中退席したアルスラーンを寝室に送って、ダリューンが宴会場にもどると、美しい女神官《カーヒーナ》が、優雅な足どりで広間を出てくるのに出あった。

「ファランギースどの」

「おお、ダリューン卿、もうアルスラーン殿下はお寝《やす》みになられたか」

ファランギースの頰《ほお》はやや上気しているように見えるが、それ以外に、酔いを印象づけるものは、まったくなかった。

「もう寝つかれた。ラジェンドラ王子はどうなされた」

「先刻まで酒杯をかたむけておられたが、いつのまにやら眠っておしまいになった。シンドゥラ人は、あまり酒が強くなさそうじゃ」

ことばも明晰《めいせき》で、姿勢もまっすぐである。

その後姿を見送って、小首をかしげたダリューンは、広間に足を踏みいれた。

広間は、酒の香にみちていた。葡萄酒《ナビード》の瓶だけで、数百本がころがっている。麦酒《フカー》や蜂蜜酒《みつしゅ》の瓶も林立してカーペットを埋めていた。そのなかで、シンドゥラ国の王子さまは、だらしなく酔いつぶれてうめいている。

「うう、何と酒の強い女性《にょしょう》だ。ふたりがかりでも酔いつぶせぬとは、あんな酒豪、見たこともないわ」

「ふたり？」

「たしか、ギーヴとやらいう楽士が、そばにいたはずだが……まだ生きているかな」

そう言われて、ダリューンは室内を見わたした。旅の楽士であり、気がむけば盗賊になり、いまやアルスラーン王子の側近である、赤紫色の髪の美青年は、壁にもたれかかって、酔いざましの水を口に運んでいた。

「ちくしょう、頭のなかで水牛の群が合唱しながら踊っていやがる。何でこんな結末になるんだ。おれが一杯やる間に、ファランギースどのには三杯は飲ませたはずなのになあ……」

どうやら、ファランギースは、下心のありすぎる酒客ふたりを、たったひとりで正面から撃退してしまったもののようであった。

V

こうして盟約は、かなり強引に成立した。

だが、このとき、ナルサスはやや判断に迷っていた。シンドゥラ国内での戦いに、老将バフマンをともなうかどうか。そのことをである。

キシュワードとバフマン、ふたりの万騎長《マルズバーン》のうち、いずれかひとりには、ペシャワール城の留守をゆだねなくてはならない。本来なら迷う必要もないことだった。若く精悍《せいかん》なキシュワードを同行させ、老練なバフマンに後方を守ってもらう。常識的なところで、万事おさまるはずであった。

だが、バフマンの動揺と屈託とは、ナルサスの計画にとって、不安定な要素となっていた。あの老人の忠誠心と能力とを、どこまで信頼してよいものであろう。

もともと、ペシャワールの城塞に到着して、すべて結着がつくなどと思っていたわけではない。万事これからである。

ラジェンドラをシンドゥラ国の王位につけ、後方の憂いをすべて絶ってから、王都エクバターナの奪還をめざして西へ兵を進める。いうのは簡単だが、その計画をたて、実行し、成功をおさめられるのは、パルスの国にナルサスだけのはずであった。

むろん、ナルサスひとりの手にはあまる。有能な仲間たちの協力が必要だった。たとえば、ラジェンドラの乗馬を射て、彼をとらえたのは、十八歳になったら彼と結婚すると決めこんでいるアルフリードである。彼女のお手柄は大したものだが、さて二年先のことを考えると、宿酔《ふつかよい》のような気分になるナルサスであった。

宿酔と無縁のファランギースは、その夜、回廊にたたずむ万騎長《マルズバーン》バフマンと話をする機会をえた。最初、バフマンの反応は、はなはだ非友好的であった。

「なるほど、アルスラーン殿下は、わしを信頼しておられぬのじゃな。腹心であるおぬしを監視役として派遣なされたか」

そう毒づいたものである。

「おことばなれど、バフマンどの、アルスラーン殿下はおぬしを信頼しておられた。だからこそ、難路をこえてペシャワールまで危険な旅をなさったのじゃ。その信頼に応《こた》えなかったのは、おぬしではないか」

ファランギースの声はきびしい。バフマンは、自分より四十歳ほどは年若いにちがいない美貌の女神官《カーヒーナ》を、不満と不審をこめて見かえした。

アルスラーン王子の身辺にいる部下たちをバフマンはそれほど好意をもっては見ていな

い。ダリューンは、バフマンと四十五年来の戦友であったヴァフリーズの甥《おい》だが、とかくバフマンの屈託を責めるような表情を見せるし、ナルサスの親友でもある。そのナルサスときては、主君である国王《シャーオ》アンドラゴラスの政治に異議をとなえて、宮廷から追放された人物だ。それでもこのふたりは、素姓がはっきりしているが、ギーヴだのファランギースだのになると、いったい何者であるのか、得体が知れない。その得体が知れない女に、万騎長《マルズバーン》である自分がなぜ、手きびしいことを言われなくてはならないのか。

バフマンは息をすい、はきだした。

「そなたはミスラ神につかえる女神官《カーヒーナ》であるそうな」

「さようです、老将軍」

「であれば、神殿にこもって、神の栄光をたたえておればよいに、なぜ女だてらに武器をとって俗世間に出てきたのか」

「ミスラ神におつかえしておればこそ。ミスラ神は信義の神であられます。地上に不正と暴虐《ぼうぎやく》が満ちることを忌《い》まれますゆえに、神職にあるわたしも、微力をつくさざるをえませぬ」

バフマンは、ぎろりと眼球を横に動かした。

「アルスラーン殿下におつかえしておるのもミスラ神のご意思にしたがってのことか」

「ミスラ神のご意思と、わたし自身の考えとが一致した、と、申しあげましょうか」

バフマンは口を動かしかけてとめた。ファランギースは、黒絹のような髪を、対照的に白い指ですくようにして、老いた万騎長《マルズバーン》の表情を見まもっている。

「アルスラーン殿下は、勇敢に、ご自分の責任をはたし、運命にたちむかおうとしていらっしゃる。それにひきかえ、歴戦の宿将である老将軍が、あまりに屈託なさっていては、年の功とは何か、問われることになりましょうな」

「言いおるわ、気の強い女めが」

バフマンは、灰色のひげをゆらしてはきすてたが、それほど反感をいだいたようでもなかった。

もともと単純で剛直な人生を送ってきたバフマンである。きっかけさえあれば、屈託から立ちなおって、本来の武人としての面目をとりもどすことができるはずだった。それが成功したかどうか、ファランギースがはっきりと確認できずにいると、バフマンは低い声で述懐した。

「わしがあまり醜態《しゅうたい》をさらしては、あの世へ行ってからヴァフリーズどのにあわせる顔がない。パルスの武人として、万騎長《マルズバーン》として、恥じるところなくふるまってみせようぞ」

そう断言すると、バフマンはファランギースに広い背中をみせ、力をとりもどした足どりで回廊を歩きさった。

老武人とわかれたファランギースは、ナルサスに事情を説明し、最後に自分の意見をつけくわえた。

「思うに、バフマンどのは、いよいよ死を覚悟なされたとしか、わたしには見えぬ。いままでとべつの意味で、用心が必要ではないのかな」

「ファランギースどのも、そう思うか」

ナルサスは、わずかに眉をしかめた。バフマンを信頼できるようになったのは喜ばしいが、ファランギースがいうとおり、こんどはべつの心配が出てくる。老バフマンの武人としての美学はともかく、アルスラーンにとって有為な人材をかんたんに失うわけにはいかない。それに第一、故ヴァフリーズからバフマンにあてられた、謎の手紙の存在も、見のがせない。

「やれやれ、頭がいくつあってもたりんて」

明るい色の髪をかきあげつつ、ナルサスは思案をめぐらした。

さしあたって、まず彼は若すぎる主君がペシャワール城に着いたときから、どうやらかかえこんでいるらしい悩みをかたづけてやった。城内の奴隷《ゴラーム》たちを解放するという問題についてである。

「奴隷たちにお約束なさいませ。シンドゥラとの戦役が終わったら解放して自由民《アーザート》にしてやると」

「そう約束してよいのか」

アルスラーンは、晴れわたった夜空の色をした瞳をかがやかせた。アルスラーンには、パルス国内の奴隷をすべて解放したいという理想があるのだった。

「けっこうですとも。それでこそ殿下が国王《シャーオ》となるべき理由がありましょう」

「だが、ナルサス、奴隷たちを解放して、あとはどうする？　彼らは自分たちで生活できるようになるだろうか」

「ご心配ないかと存じます」

ナルサスが提案したのは、屯田制《とんでんせい》であった。古来、カーヴェリー河の西岸一帯は、国境地帯であるがゆえに放置されているが、水利さえよくなれば、そう不毛な土地ではない。この土地を解放した奴隷たちに分けあたえて開拓させるのだ。共同で水路を開かせ、種子《たね》や苗を貸しあたえる。最初の五年ほどは、いっさい租税をとらず、農業生産が安定してから租税をとるようにすれば、以後は国庫の収入も安定するだろう。

「もしシンドゥラ軍が来寇《らいこう》するようなことがあれば、彼らはすすんで武器をとることでしょう。自分たちの土地と生活を守るために。その背後にペシャワール城があり、キシュワードどのがいれば、彼らも不安を感じずにすみましょう」

結局、ナルサスは、シンドゥラ国への遠征にバフマンを同行させ、キシュワードにはペシャワール城の留守をゆだねるよう、策を決したのだった。老雄バフマンには、もはや最上の死場所を与えてやる以外のことは、できそうになかった。彼の死後、その軍はダリューンが受けつぐ。そうなるしかないのではあるまいか。

VI

ペシャワール城は、いまやアルスラーン＝ラジェンドラ同盟の根拠地となってしまった。つい何日か前までは、誰ひとり想像もしなかったことである。

赤い砂岩の城壁を遠望する丘の上に、一隊の人馬がたむろしている。中心に、銀色の仮面をかぶった騎士がいた。

「妙なことになりましたな」

部下のザンデにそう言われたとき、アルスラーンの従兄《いとこ》にあたるヒルメスは、沈黙を銀色の仮面の奥に封じこんで、何か考えこんでいた。

彼がペシャワール城に侵入し、アルスラーンを害することに失敗して濠《ほり》に追いおとされたのは、つい先夜のことである。その直後、シンドゥラ軍が国境をこえた、と、大さわぎになったというのに、この状況の変化はどうであろう。鋭敏なヒルメスでさえ、あっけにとられて、すぐにはどう対処すべきか判断もつかなかった。

ようやく彼はザンデにむかって言った。

「きめた、エクバターナにもどる」

「は、かしこまりました。ですが、殿下、アルスラーンめとその一党を放置しておいて、よろしいのですか」

「よくはない。だが、やつをねらってシンドゥラまで遠征するわけにもいかんだろう。アルスラーンめの一党が思いこんでいるほど、おれは神出鬼没ではないわ」

そのことばを冗談と釈《と》ってよいかどうか、ザンデは迷ったが、結局、笑うのをやめた。

「もしアルスラーンめが、シンドゥラ軍の手にかかって果てでもしたら、いささか口惜《くや》しい仕儀にあいなりますな」

「なに、ダリューンだのナルサスだのが、やつにはついている。むざとシンドゥラ兵ごときに殺させはすまいよ」

賞賛と悪意を、複雑にとけあわせて、ヒルメスは薄く笑った。

「アルスラーンめは、帰ってくる。おれに殺されるためにな。エクバターナで、歓迎の準備をしておいてやろうではないか」

自分が置かれた環境のなかで、力関係というものを考えると、ヒルメスとしては、やはり王都エクバターナを重視しないわけにはいかなかった。いつまでも王都から離れていれば、あの何を考えているか得体のしれない王妃《おうひ》タハミーネなどが、よからぬことを画策するかもしれないのだ。

地下牢《ディーマース》に閉じこめたままの、アンドラゴラス王のことも気になる。国王派とボダン大司教派に分裂したルシタニア軍は、その後どうなったか。実際、殺しそこねたアルスラーンごときに、いつまでもこだわってはいられなかった。

出兵の準備にわきかえるペシャワール城の赤い砂岩の城壁を冬空の下に見はるかしながら、ヒルメスは馬に飛びのり、しばらく留守にしていた王都エクバターナへとむかったのである。

ザンデらの部下が、彼につづいた。

アルスラーンが知りようもないところで、彼の生命をおびやかす最大の敵手が、彼から遠ざかっていった。ただ、ヒルメス自身がいうように、あくまで一時的なことであったが。

シンドゥラの国都ウライユールは、カーヴェリー河へつらなる内陸水路網の中心部にある。白亜の王宮は、亜熱帯の花と樹木にかこまれ、直接運河へとおりる階段は淡紅色の大理石でつくられ、落日をあびたときの美しさは、たとえようもないという評判であった。

ウライユールの夏は長く、耐えがたい暑熱につつまれるが、その分、冬は快適であった。寒いというより涼しく、夏には枯死寸前に追いこまれた花と緑がよみがえって、みずみずしい生気にみたされるのだ。ただ、ラジェンドラがパルス国と手を結んだ、との報告がもたらされた日は、めずらしく、寒い北風が人々の肌をさした。

シンドゥラ国において、ふたりの王子が王位をめぐる争いをおこし、国内が二分された責任は、その多くを国王《ラージャ》カリカーラ二世が負うべきであろう。彼がはっきりと王位継承者をさだめておけば、事態はここまで悪化しなかったはずである。

カリカーラ二世は、まだ生存している。年齢は五十二歳で、老衰死するほど老いてはいないし、べつに病弱でもなかった。当人も、まだまだ王位をゆずって引退するつもりもなく、ゆえに王太子を冊立《さくりつ》することも、おこなわれずにきたのである。

それが急に「国王《ラージャ》、病《やまい》あつし」という状態になったのは、結局のところ、カリカーラ二世が自分の健康に対して、自信を持ちすぎたせいである。王妃が十年前に亡くなると、それまでおとなしく善良な夫であったはずのカリカーラ王は、公然と美女あさりに乗りだした。そして、密林の茸《きのこ》だの、蛇の血だの深海魚の卵だのといった、あやしげな強精薬を酒とともにがぶ飲みし、半年前、にわかに倒れて半身不随になってしまったのだ。

　こうなっては、国王としての政務を処理することなどできない。

　シンドゥラでは、国王だけでなく、宰相《さいしょう》の地位も代々、親から子へと受けつがれる。これを「世襲宰相《ペーシュワー》」というのだが、当時の世襲宰相はマヘーンドラといい、この人の娘は、ガーデーヴィ王子の妃《きさき》になっていた。

　当然、マヘーンドラとしては、自分の婿《むこ》であるガーデーヴィに、つぎの国王になってもらいたい。ガーデーヴィもそのつもりで、はやくも摂政づらで国政を切りまわしていたが、彼自身にも、義父である世襲宰相《ペーシュワー》にも、けっこう敵が多かった。その最大の敵であるラジエンドラが、ガーデーヴィの王位継承に実力で異議をとなえただけでなく、こんどはこともあろうに、歴史的な敵国であるパルスと協力して国都へ攻めのぼってくるというのだ。

「おのれ、ラジェンドラめ、パルス軍と手を結んで王位をねらうとは。目的のためには手段を選ばぬ恥知らずめ。誓って、やつを玉座になどつかせはせんぞ」

　ガーデーヴィは怒りくるったが、同時に不安にもなった。パルスの兵馬がいかに強いか、シンドゥラ軍はよく知っている。べつに知りたくはないが、これまでにさんざん思い知らされているのである。若い頃から猛将として知られる国王《シャーオ》アンドラゴラス三世の名を聞けば、泣く子もすくみあがるほどだ。そのパルス軍が、いかなる経緯でか、こともあろうにラジェンドラの味方をするとは。

「いずれにせよ、軍隊がいつでも出動できるよう準備なさっておくべきですぞ、殿下」

妻の父であるマヘーンドラにいわれて、ガーデーヴィは大いそぎで軍隊を呼集した。もっとも頼りにする戦象部隊にも出動を命じたが、これが案外に準備がてまどり、責任者の将軍が申し出てきた。

「象どもが、今日の寒風で、小屋の外に出るのをいやがっております。いかがいたしましょう」

「鞭《むち》でなぐって追いだせ。何のために鞭を持っているのだ」

このあたりの、思いやりのなさが、ガーデーヴィの敵を多くしているのだが、むろん本人は気づいていない。ラジェンドラが「世間知らず」と、あざけったように、ガーデーヴィは、王宮や貴族の荘園の外に世界があることさえ、ときとして忘れてしまうようだった。

そのくせ気が弱い一面もあって、義父のマヘーンドラに相談を持ちかけたりする。

「準備はするが、はたして勝てるだろうか、マヘーンドラ」

「何をご心配なさるやら。才能からいっても兵数からいっても、殿下のほうがはるかに上でございます。パルス軍と申しても、全軍がこぞって出撃してきたわけではありますまい。

恐れる必要なぞありませんぞ」

マヘーンドラは、けんめいに婿をはげました。

ガーデーヴィが万が一にもラジェンドラに敗れるようなことがあれば、マヘーンドラ自身にとっても、破滅が待ちうけていることになる。無能ではないが、いささか頼りない婿どのに、がんばってもらわねばならなかった。

生まれてはじめて国外への遠征をひかえたアルスラーンにとって、うれしかったのは、鷹《シャヒーン》の「告死天使《アズライール》」をキシュワードが貸してくれたことであった。

「これは殿下の一人前の友人のつもりでおりますし、城にこもっておりますより、広い空の下にいることを好みます。おつれくだされば、何かと殿下のお役にたちましょう」

「ありがたい、遠慮せずに借りさせてもらう」

アルスラーンは腕をのばして、告死天使《アズライール》をとまらせ、羽のある親友に話しかけた。

「告死天使《アズライール》、キシュワードにしばらく別れのあいさつをおし。お前をシンドゥラという国につれていってやるからね」

告死天使《アズライール》を腕にとまらせたアルスラーンが、露台《バルコニー》に出て閲兵《えっぺい》すると、中庭のパルス軍は湧きたった。

　また、城門がひらき、あたらしい白馬にまたがったラジェンドラ王子の姿を見て、城外にひかえたシンドゥラ軍は、いっせいに歓呼の声をあげた。

「ラジェンドラ！　われらが王！　御身《おんみ》の上に神々の恩寵《おんちょう》があらんことを。われらをして勝利にみちびきたまえかし……」

「あの軽薄王子、どうやら兵士にはよほど人気があるらしいな」

　ダリューンが、アルスラーンの背後に立って、ナルサスにささやきかけた。「軽薄王子」は白馬を露台《バルコニー》の下に寄せると、高く片腕をのばし、大声をはりあげた。

「アルスラーンどの、以前にも言ったが、おれはおぬしのよき友になりたい。カーヴェリー河を境として、東はシンドゥラ国王《ラージャ》たるおれ、西はパルス国王《シャーオ》たるおぬし、それぞれ地の涯《はて》まで征服して全大陸に覇《は》をとなえ、ともに手をたずさえて永遠の平和をきずこうではないか」

　アルスラーンは笑顔で応じていたが、ダリューンは舌打ちしたそうな表情になった。

「ナルサス、おれはあのラジェンドラという男、どうも心から信じる気になれぬ。思いすごしだろうか」

「いや、思いすごしではない。おれも同感だ。だが、大丈夫。いまアルスラーン殿下を裏ぎっても、ラジェンドラにとって何の利益もない。やつが裏ぎるとしたら、ガーデーヴィの首を足もとに置いた、そのときだろう」

ナルサスは、皮肉っぽい表情で、シンドゥラ軍の歓呼をあびるラジェンドラの姿をながめやった。

アルスラーンの腕の上で、告死天使《アズライール》が小さく羽ばたきした。

こうして、アルスラーンは、パルス暦三二一年の新年を、思いもかけぬ異国で迎えることになったのである。

第二章　河をこえて

I

ラジェンドラ王子がひきいるシンドゥラ軍五万と、アルスラーンがひきいる押しかけ援軍一万は、国都ウライユールをめざして西南へ進路をとった。

カーヴェリーの大河も、冬の渇水期《かっすいき》で、馬の腹にとどくほどの水量しかない。渡河《とか》の途中、深みにはまった人馬がおぼれるということも何度かあったが、死者は出ず、全軍が無事に渡河をはたした。

アルスラーンにとって、大軍が大河を渡るという経験は、はじめてだった。珍しく感じられただけでなく、ナルサスのことばが印象に残った。

「ラジェンドラ王子は、けっして無能ではありませんな。先だっては、夜中に、この河を渡ることに成功したのですから」

そうか、珍しがってばかりはいられない、学ばなくてはいけないのだ。そう思ったとき先行偵察のシンドゥラ騎士が、あわただしく河岸《かがん》に駆けもどってきた。

「ガーデーヴィ軍、前方に展開しつつあり」

その報がもたらされたとき、すでに西南の方角に、砂煙が舞いあがりはじめている。ガーデーヴィとしては、とりあえずラジェンドラらの渡河を阻止しようとしたのだ。間一髪でまにあわなかったが、渡河をすませたばかりのラジェンドラ軍は、まだ陣をつくりあげていなかった。そこへガーデーヴィ軍の騎兵一万五千が突入してきたのである。

シンドゥラにおける最初の戦いは、ナルサスが巧みな戦術を駆使するひまもなく、乱戦によって幕をあけた。

ガーデーヴィ王子の部将プラダーラタはこの国でも屈指の剛勇の戦士だった。厚刃《あつば》の偃《えん》月刀《げっとう》を振りかざし、振りおろすつど、彼の乗馬の左右に血煙《ちけむり》が噴きあがり、人馬の死体がつみかさねられる。ラジェンドラ軍はたじろぎ、あとずさり、河岸から追い落とされそうになった。

完全に陣形をととのえることができぬまま、プラダーラタ将軍の腕力に押しまくられたラジェンドラは、味方の損害をパルス軍に押しつけることを考えついた。

「アルスラーンどの、近隣諸国に名高いパルス騎士の驍勇《ぎょうゆう》を、世間知らずのガーデーヴィめに見せてやってくれぬか」

「わかりました。ダリューン、たのむ」

「殿下のおおせとあらば」

一礼して、ダリューンは長剣を片手に、黒馬の腹を蹴《け》りつけた。彼はラジェンドラのずうずうしい魂胆《こんたん》を見ぬいたが、アルスラーンの命令に服従しないわけにはいかなかった。それに、パルス人の忠誠と勇猛を知らせておくのも悪くない。

血に飽《あ》くばかり、偃月刀をふるっては、河岸の砂を朱色に変えていたプラダーラタは、上から下まで黒ずくめの騎士が、恐怖もためらいもなく馬を駆け寄せてくるのを見た。彼は偃月刀の血雫《ちしずく》を振りおとし、へたなパルス語でどなった。

「パルスのやせ犬どもが、わざわざシンドゥラの大地に貧相な生首をならべにきたか。せめて、この河岸にきさまの首をさらして、死後も祖国の風景をながめさせてやろうぞ」

「言ったからには、やってみせることだな」

みじかい返答をひとつすると、ダリューンは、おそいかかる偃月刀の一撃をはねかえした。

刀身は激突をくりかえした。さすがに、五合や十合では、勝負はつかない。白刃《はくじん》を撃ちあわせつつ、ふたりは、河岸から、河のなかまで馬をもつれあわせてきた。

「ダリューン、がんばれ」

アルスラーンが馬上で身を乗りだしたとき、黒衣の騎士は王太子の信頼にこたえた。彼の長剣が冬の陽《ひ》にきらめきわたると、血と水の柱が河中にたち、プラダーラタの巨体は偃月刀を手にしたまま水底に沈んだ。

主将を討ちとられた敵はくずれたち、ラジェンドラ軍は勢いにのって反撃に転じた。ガーデーヴィ軍は三千の死体を残して潰走《かいそう》し、シンドゥラ国内における最初の戦いは、アルスラーンらの勝利に帰した。

「ダリューンどのの武勇、まことにおみごと。わが国には、これほどの勇者はおらぬ」

ラジェンドラは、そう絶賛したが、その理由は、パルス軍をおだてあげて今後もよく戦わせること。そして、ほめるのはいくらほめても無料《ただ》だからであろう。

「おもしろみのない戦いでござる」

ダリューンが評するとおりの戦いであった。だだっ広い半砂漠の平地で正面からぶつかりあったのだから、用兵も戦術もあったものではない。単純に、力が力を制してしまう。ダリューンがプラダーラタを討ちとった瞬間に、戦場全体での勝敗も決してしまう。これではアルスラーンが戦術を学ぶ余地すらない。

ナルサスが笑った。

「なに、すぐにおもしろくなろうよ。まだ敵は戦象部隊も出してきてはおらぬのだからな」

ダリューンは幅の広い肩をすくめた。黒い甲が重々しいひびきをたてた。

「それはそうなるだろうな。あのラジェンドラという、こすからい王子どのは、もっとも苦しい戦いのときに、おれたちを徹底的に利用するに決まっているからな」

「ありうることだ。それどころか、おれたちを敵と戦わせて、双方が疲れきったところへ襲いかかってくるかもしれぬ」

むしろナルサスは楽しそうである。

「切りぬける策はあるのか、ナルサス。いや、おぬしに対して、これは失礼な質問だった。所詮《しょせん》、ラジェンドラのような小策士は、おぬしのような賢者の掌《てのひら》で踊っているにすぎぬな」

ナルサスは、かるく手を振った。

「そう買いかぶらないでくれ、ダリューン。今回のことは、その場その場に応じて対処するしかない面があるのだ。あのラジェンドラ王子は、時と場合によって、どちらの方角へ踏み出すか知れたものではないからな」

「では、やつからは目を離さぬことだな」

ダリューンが、ことさらに剣環《けんかん》を鳴らすと、ナルサスは人の悪い微笑をうかべた。

「いや、むしろ、やつに策略をめぐらす余地をあたえたほうが、よいかもしれぬ。このごろおれは、やつがどういう策をめぐらしてくるか、待ちかねているのさ」

そこまでで、話は中断した。エラム少年がナルサスのところへ、馬上の昼食をとどけに来たからである。


パルス暦三二一年の新年は、シンドゥラ国西北方の曠野《こうや》で明けた。

この年、九月まで生命《いのち》があれば、アルスラーンは十五歳になるはずである。

パルス式に、新年の行事がおこなわれた。あたらしい年の最初の太陽がのぼる前に、国王《シャーオ》みずから完全に武装して泉におもむき、冑をぬいでそれに水をたたえる。陣営にもどって、将兵の代表から、一杯の葡萄酒《ナビード》を献上される。この紅い酒は国王《シャーオ》の血を象徴するのだ。その葡萄酒《ナビード》を、冑にたたえた水にそそぐ。そうやってつくられた液体を「生命の水《キズィル》」と呼ぶが、その三分の一を天へむかって投げうち、天上の神々にささげる。三分の一を大地にそそぎ、大地がもたらしてくれた昨年の収穫に感謝し、あたらしい年の豊かな実りを祈る。最後の三分の一は、国王《シャーオ》が飲みほす。神々と大地に対する忠誠心をあらわし、また、神々と大地との永い生命を分かち与えられるよう、望むのである。

将兵の代表は、万騎長《マルズバーン》バフマンがつとめた。もっとも近い位置の泉は、すでに旧年のうちに確認してあった。アルスラーンが、鷹の告死天使《アズライール》だけをつれて、単騎、泉へおもむくとき、心配したダリューンとファランギースが、ひそかに距離をおいて護衛したが、さいわい、危害を加えようとする者はあらわれず、アルスラーンは無事に国王代理としての義務をはたすことができた。

アルスラーンが、生命の水《キズイル》を飲みほして、黄金の冑を口から離したとき、パルス軍から、いっせいに歓呼の声があがった。

「アルスラーン！　アルスラーン！　天上に輝く星《スハイル・アル・アストロ》、神々の寵児《ちようじ》よ、御身の智と力によりて、国と民とに平安をもたらされんことを……！」

それに応じて、アルスラーンが黄金の冑を両手で高くかかげたとき、パルス暦三二一年の最初の太陽がきらめいて、冑を光の塊のようにかがやかせた。ふたたび歓呼がおこり、パルス軍将兵の甲冑がそのかがやきを受けて、波うつ光の海となった。

儀式がすむと、新年の祝宴がはじまり、いつもは無人の曠野は、にぎわいに満ちた。

太陽が中天《ちゆうてん》に達するころ、半ファルサング（約二・五キロ）ほど離れたシンドゥラ軍の陣営から、ラジェンドラ王子が訪問してきた。五十騎ほどの護衛をともなっただけである。

よほど白馬が好きなのか、ラジェンドラはこのときも純白の馬にまたがっていたが、アルスラーンの本営を警護する黒衣の騎士に気づくと、なれなれしくあいさつした。

「やあ、パルスの勇者よ、おぬしの若いご主君はお元気か」

ダリューンは、無言で一礼しただけである。彼の本心をいえば、このように危険で信用ならない人物は、一刀で斬りすて、将来の禍《わざわい》の根を絶ちきってしまいたいのだ。だが、アルスラーンの将来のためには、むしろこのような人物を活用すべきだ、と、ナルサスは主張するのだった。

「毒蛇でも、財宝の番をするのに役に立つこともある。そう思っていればよいさ」

そのとおりではあるが、だからといって毒蛇に対して好意をいだかねばならぬ義理もない。ゆえに、ダリューンは、ラジェンドラに対して、最低限度の礼儀をしめすだけであった。

そもそも、シンドゥラ人であるくせに、こうもパルス語でぺらぺらおせじを並べたてるとは、それだけで充分いかがわしい。そう思っているダリューンの前で、ラジェンドラは、出迎えたアルスラーンの手をにぎり、肩をたたいて、すっかり友人あつかいである。

天幕《てんまく》のなかに毛織敷物《ゲリーム》をしき、酒や料理をならべて、アルスラーンはシンドゥラの王子を歓待した。ギーヴが琵琶《ウード》をひき、ファランギースが竪琴《バルバド》をかなで、しばらくは談笑がつづいた。

「ところで、わが友にして心の兄弟たるアルスラーンどの。おりいって相談したい儀《ぎ》があって、まかりこしたのだが……」

「どうぞ、何なりとおっしゃってください」

そう応じてから、アルスラーンは、ラジェンドラの表情に気づき、部下たちに座をはずすよう命じた。

ふたりきりになると、ラジェンドラは、それまでファランギースがもたれていたバーレシ（クッション）を尻の下に敷いて、話をはじめた。

ラジェンドラが提案してきたのは、分進合撃の戦法だった。このまま、ラジェンドラとアルスラーンが並行して進撃しても、あまり意味がない。この際、国都にこもったガーデーヴィらを、心理的にも軍事的にも、おびやかし、混乱させるべきである。それには、ラジェンドラとアルスラーンが別行動をとるべきだ……。

「そして、どうだ。アルスラーンどの。おぬしとおれと、どちらが早く国都にはいるか、ひとつ競おうではないか」

「おもしろいですね。で、私がもし早く国都にはいれたら、何をいただけるのですか」

アルスラーンが興味をしめすのを見て、ラジェンドラは内心でほくそえんだ。間をおくように、一杯の葡萄酒《ナビード》を口にふくみ、さぐりをいれる。

「そう言うところを見ると、おれの提案に賛成してくれるのだな」

「いえ、まだ決められません、私の一存では」

きまじめに返答するアルスラーンの顔を見て、ラジェンドラは、あてがはずれたような表情をした。

「一存では決められぬ、などといって、アルスラーンどのはパルスの王太子ではないか」

「そうですが、部下たちに相談してからでなくては、たしかなご返事は、いたしかねます」

ラジェンドラは、舌打ちの音をたてるのをこらえた。銀杯を下におき、ことさらに声をひそめて語りかける。

「アルスラーンどの、友として、心の兄弟として、おぬしに忠告しておくが、あまり部下をつけあがらせぬほうがよいぞ。おぬしは主君なのだ。主君が命令し、部下はそれにしたがう。そうあってこそ、人の世の秩序がたもたれる。あまりに部下の意見を聞きいれてばかりいては、やつら、つけあがって主君をないがしろにするようになるぞ」

善意をよそおって、アルスラーンの耳に毒気を吹きこんだが、少年は煽動《せんどう》に乗ってこなかった。

「ご忠告はありがたいのですが、私は自分でどうしたらよいかわからないとき、いつも部下たちに相談してきました。彼らは私なんかより、ずっと智恵も力もあります。だいたい、彼らが助けてくれなかったら、私はこれまで幾度、生命を失っていたかしれません」

「そうだとしてもだな……」

「形の上では部下ですけど、彼らは私の恩人なのです。私を見すてたほうが、ずっと得なはずなのに、私をもりたててくれます。彼らの意見を聞いてから返事させていただきます」

「ふうむ……」

ラジェンドラは鼻白《はなじろ》んだように沈黙した。その彼を天幕のなかで待たせて、アルスラーンは外に出た。ダリューンたちは、五十ガズ（約五十メートル）ほど離れた岩蔭にすわって何か語りあっていたが、王太子の姿を見て立ちあがった。アルスラーンは、ラジェンドラのよけいな忠告もふくめて、すべての事情を彼らに語り、相談をもちかけた。

「それで、ラジェンドラどのにどう返答したらよいだろう。まずダリューンの意見を聞かせてくれ」

黒衣の騎士の返答は、はなはだ明快だった。

「おことわりなさるべきだと存じます」

「理由は？」

「私は、自分がかのラジェンドラ王子に対して偏見をいだいているかもしれぬと思います。それでも、かの人の魂胆《こんたん》は、見えすいているように思われます。おそらく、ラジェンドラ王子は、わがパルス軍に別行動をさせておいて、囮《おとり》に使うつもりでしょう」

アルスラーンは、かるく眉をひそめた。無言のまま、晴れわたった夜空の色の瞳をギーヴにむける。未来の宮廷楽士は、大きくうなずいてみせた。

「おれもそう思いますね。あの白馬の王子さまが考えそうなことだ。おれたちが別の道を進みはじめたら、ラジェンドラのやつ、すぐさまガーデーヴィに密使を送って、おれたちの進路を親切に教えてやることでしょうよ」

そう断言して、ギーヴは、美しい黒髪の女神官《カーヒーナ》に視線をむけた。

「どうだ、ファランギースどのも、おれと同じお考えではないか」

「不愉快なことじゃがな」

そっけないファランギースの反応だが、彼女はギーヴの意見を否定しなかった。

「わたしもダリューン卿らと同意見でございます。ガーデーヴィ王子が、パルス軍に主力をさしむければ、その分、国都の守りは手薄になりますし、ガーデーヴィ軍主力の行動それ自体も容易に予測できましょう。国都を衝《つ》くも、ガーデーヴィ軍の側面や後背《こうはい》をおそうも、思いのまま。ラジェンドラ王子としては、笑いがとまりますまい」

アルスラーンは腕を組んで考えこんだが、やがてダイラムの旧領主の顔に視線をうつした。

「ナルサスの考えを聞こう」

「されば、まず殿下にお祝いを申しあげます」

思いがけないことばに、アルスラーンがびっくりすると、ナルサスは笑って答えた。

「なぜなら、殿下の部下に、どうやらあほうはひとりもおりませぬようですので。ダリューン、ギーヴ、ファランギースらの意見は、まことに正鵠《せいこく》を射ております。ラジェンドラ王子の真意は、わがパルス軍を徹底的に利用することにあります。いつかはこのように申し出てくるものと思っておりました」

アルスラーンは小首をかしげた。

「では、ラジェンドラどのの提案は、ことわるべきなのだな」

「いえ、ご承諾なさいませ、殿下」

アルスラーンだけでなく、一同の視線が、すべてナルサスに集中した。

「理由を申しあげます。ラジェンドラ王子は、鉄でできた良心をお持ちの人で、このような人と同行していては、いつ背中から斬りつけられるか、知れたものではありません。このさい相手から提案してきたがさいわい、すこし距離をおいて行動したほうがよろしいかと存じます」

「わかった、そうしよう」

「ただし、条件をおつけになるがよろしいかと存じます。充分な糧食と、それを運搬する牛馬、くわしい地図と、信用のおける案内人。それらを要求なさいませ」

思わずアルスラーンは口もとをほころばせた。

「すこし欲をかきすぎではないか」

「なに、これぐらいは要求したほうがよいのです。ラジェンドラ王子は、自分の欲が深いので、殿下が欲深くお見せになったほうがかえって安心するのです」

欲の深い人間が恐れるのは、欲がすくない人間である。だから、同類の人間だと思わせて、油断させたほうがよい。それに、いずれにしても糧食や地図は必要なのである。いつわりの地図を受けとることがないよう、その場でラジェンドラの持った地図を書き写せばよい。

「それと、ラジェンドラ王子の進路を、くわしくお聞きなさいませ。そして、その進路を、密使をもってガーデーヴィ王子に知らせてやればよろしゅうございましょう」

「しかし、それはすこしあくどいのではないか」

アルスラーンはためらった。お人のよいことだ、と、ギーヴが口の奥でつぶやいた。

「ご心配なく。どうせラジェンドラ王子が、正直に答えるはずがございません。そうすれば、結果としてガーデーヴィ軍を迷わせることができます」

ガーデーヴィは、軍の主力をどちらへ向けたらよいか、判断に苦しむだろう。二方面へ兵力を分散してきたら、こちらはそれを各個撃破すればよい。おそれをなして国都にたてこもったら、こちらは国都までは妨害を受けず進軍できる。どちらにころんでも、アルスラーンとパルス軍にとって損はない。いざ戦闘となれば、またあらためて戦術をたてればよいのだ。そうナルサスは説明した。アルスラーンは、部下たちの意見にしたがった。

II

一月三日、アルスラーンはラジェンドラと別れて、北方の山地へ進路をとった。ラジェンドラは、アルスラーンの要求にすべて応じたのである。何だかんだと不平を鳴らしながらではあったが。

行軍の途中、アルスラーンはナルサスと馬を並べて、王者や将軍としての心がけについて教わった。

「かつて、ひとりの勇敢な王がおりました」

ナルサスは、そう語りはじめた。

その王は、あるとき五万の兵をひきいて遠征した。国境の雪山をこえ、戦いをつづけるうち、糧食がなくなり、兵士たちは飢《う》えに苦しんだ。王は兵士たちの苦しみを見て涙を流し、自分の食事を兵士たちにわけてやった……。

「この王の行為を、どうお思いになりますか、殿下」

アルスラーンが一瞬、答えをためらったのは、ナルサスの表情や口調が、その王に対して批判的であるように感じたからである。だが、その理由がはっきりとはわからなかった。結局、アルスラーンは正直に答えた。

「りっぱだと思う。兵士の苦しみを見かねて、自分の食事をわけてやるというのは、なかなかできないことではないだろうか。ナルサスの意見はちがうようだが」

ナルサスは微笑しつつうなずいた。

「殿下は、私の心をお読みになりながら、正直にお答えなさいましたな。ゆえに私も、思うところを率直に申しあげますが、この王は王者たる資格をもたぬ、卑怯者です」

「なぜ……？」

「この王には、ふたつの重大な罪がございます。第一の罪は、五万人の兵士に必要な糧食を用意せず、兵を飢えさせたこと。そして第二の罪は、自分ひとりの食事をわずかな人数にわけあたえ、他の多くの兵士をあいかわらず飢えさせたままにしておいたことです」

「……」

「つまり、この王は、第一に怠惰であり、第二に不公平であったのです。しかも、自分の食事をごく小人数の兵士にわけあたえることで、自分自身の情深さに陶酔し、多くの兵士を飢えさせた責任をまぬがれようとしたのです。卑怯者であるゆえんです。おわかりいただけましたか？」

「わかったような気がする」

考えつつ、アルスラーンは答えた。

「つまり、王たる者は、兵士たちを飢えさせてはいけないのだな。飢えさせるくらいなら、そもそも戦ってはいけないのだな」

「さようです。五万の兵士を指揮する資格を持つ者は、五万の兵士を飢えさせないだけの糧食を用意できる者だけです。戦場での用兵や武勇など、それから先のことです……」

二日ほどは、平穏な行軍がつづいた。ときどき山道で休息すると、ナルサスは紙と絵筆をとりだして風景を描《か》いていたが、けっしてエラム以外の者には見せようとしなかった。

したがって、ダリューンがべつに宣伝しなくても、ナルサスの画才のほどは、一同が、きわめて疑わしく感じるところであった。ただひとり、赤味をおびた髪に水色の布をまきつけたゾット族の少女だけが例外だった。

「ナルサスだったら、絵もうまいに決まってるよ。あたし、ナルサスに、あたしの絵を描《か》いてもらいたいな」

そのことばを耳にしたダリューンは、思わずアルフリードの顔を見なおした。

「おぬし、つくづくこわいもの知らずだな」

ところで、ナルサスの画才に関して、もっとも有力な証人であるはずのエラム少年は、つぎのように主張するのである。

「ナルサスさまが絵まで天才でいらしたら、かえって救いがありません。あの方は、絵はあれくらいでちょうどいいのです」

「……それはほめことばになっていないようじゃな」

と、ファランギースが、まじめくさって論評した。

アルスラーンも、ナルサスを未来の宮廷画家に任じた以上、ぜひ彼の画才のほどについて真実を知りたいという気はする。だが、一方、ナルサスに描かれるならそれで充分で、上手下手は問題ではない、とも思う。アルスラーンは、ナルサスの智略を崇拝しているが、もともと画才に対して、それほど幻想をいだいてはいなかったのだ。

シンドゥラの国都にあるガーデーヴィ王子は、戦争の当事者として、まことにめぐまれた立場にあった。実際、これほどめぐまれた者もめずらしい。彼のもとへ、当の戦争相手から、今後の行動予定表がとどけられたのだから。しかも二通。ラジェンドラと、パルス国のアルスラーン王太子の、それぞれが、もう一方の行動予定をつげる密使を送ってよこしたのである。

「やつら、いったいどういうつもりか」

ガーデーヴィは困惑した。まともな人間なら困惑せずにいられない。とりあえず、偵察によって、敵が兵力を二分したことだけは確認したが、それから先のこととなると、敵自身からもたらされた情報のどこまでを信じてよいのやら、見当がつかなかった。将軍たちの意見も、まちまちである。

「まずパルス軍を撃つべきだ。兵数も一万そこそことすくないし、援軍を失えば、ラジェンドラも鼻柱をへしおられるだろう。いくらパルス軍が精強でも、三万もぶつければ」

「いや、わが軍の総力をあげて、まずラジェンドラ王子の本隊をたたきつぶすのがよい。そうすれば、パルス軍など、根を絶たれた樹木も同然、切らずとも自然と枯れてしまう。ラジェンドラをこそ討つべし」

「だが、ラジェンドラの本隊にかかずらわっている間に、パルス軍が国都を急襲したらどうする。パルス軍の騎兵は、速度において近隣諸国に類を見ない。やはり、先にこちらをかたづけておいたほうがよい」

「いっそ国都にたてこもって、やつらの動きを見まもったらどうだ。どうせ、やつらは国都をめがけて攻めのぼってくるのだからな」

「しかし、そんなことをすれば、国都以外の地域は、すべてラジェンドラめの馬蹄にふみにじられてしまうぞ。わが軍の総数は十八万。ラジェンドラめの軍とパルス軍とをあわせても、六万ていど。少数の敵を恐れて城にとじこもるようでは、なさけない。いや、それこそ敵の思惑にはまってしまうことではないか」

議論は、なかなかまとまらなかった。どの意見にも、それぞれきちんとした論拠があって、ガーデーヴィ王子は、どの意見にしたがうか、決心をつけかねた。

「マヘーンドラよ、いっそわが軍を三つにわけようか。一隊は国都を守り、一隊はラジェンドラめの本隊を攻撃し、一隊はパルス軍を討つ。そういうことにしてはどうだ」

「殿下、ご冗談をおおせられますな」

相談を受けたマヘーンドラは、にがにがしげに婿をながめやった。白いターバンと、黒い三角形のあごひげが印象的な、堂々たる体格の中年男である。ガーデーヴィやラジェンドラより、よほど風格と迫力がある。世襲宰相《ペーシュワー》として、国政をつかさどること、すでに二十年。パルス国との戦いでは受け身になりがちだが、内政、外交、軍事、どの部分でも、まずまず安定した業績をあげている人物だった。

「軍を三つにわけるなど、そのようなことをなされば、せっかくの数の上で優位をたもっていることが、無益になります。兵力を分散してはなりませぬ。力は、集中してこその力です」

マヘーンドラは断言し、その正しさをガーデーヴィも認めたが、ではその持てる力を、どこに集中するか、それが難題であった。異母兄弟ラジェンドラが油断も隙もならない人物であることだけは、よくわかっている。

「国都には、つねに最小限度の兵力を置いておかねばなりませぬ。その他の兵力は、まとめて一か所に配置し、必要なときに必要な場所へ向かわせねばなりませぬ。糧食や武器もそこに集積しておくべきでしょう」

「なるほど、よくわかった。マヘーンドラよ、おぬしはまことに智者と呼ばれるにふさわしい男。おぬしをわが宰相、わが義父《ちち》と呼べることは、おれにとって、じつに喜ばしい。おぬしがいてくれるかぎり、ラジェンドラごときに、シンドゥラの国土を指先ほども支配させるものか」

心から、ガーデーヴィは妻の父をほめたたえた。

マヘーンドラの娘サリーマは、「ラクシュミー女神の落し子」と呼ばれるほど美しい女性で、ラジェンドラをはじめとして無数の求婚者がいた。そのなかで、ガーデーヴィが夫として選ばれたのだ。サリーマによってではなく、マヘーンドラによって。マヘーンドラは彼の恋の恩人でもあった。

「おほめにあずかり、恐縮でございます。陛下」

あやまりをよそおった、おそろしいほどたくみな追従《ついしょう》であった。マヘーンドラの顔に、たのもしげな、だが奇妙な微笑が見えがくれしている。彼の婿が国王となれば、王妃の父として、彼の地位と権力は、ますます強化されることになるのだ。

「それに、殿下、わが一族の端につらなる者を、ラジェンドラめの軍に潜入させております。なかなかに心のききたる者ですので、いずれ吉報をたずさえてまいりましょう。心平らかに、お待ちあそばせ、殿下」

たのもしい世襲宰相《ペーシュワー》の声に、ガーデーヴィはようやく落ちつきをとりもどした。

山間部の街道を進むパルス軍のなかで、アルスラーンは、またナルサスに、現在の状況について教わっていた。

「……では、ラジェンドラどのは、われらパルス軍を利用しつくそうとしている。ナルサスはそう見ているのだな」

「さようでございます。ところが、じつはそれを徹底させることはできませぬので」

「なぜ、できない？」

「わが軍がガーデーヴィ軍にはでに勝ってみせれば、あがるのはわが軍の武名でございます。ラジェンドラの名ではございません。かの御仁《ごじん》にしてみれば、シンドゥラの国王となるためには、彼自身が名声をえる必要がございます」

馬をならべていたギーヴが、人が悪そうに笑った。

「つまり、おれたちがひとつ勝ってみせれば、ラジェンドラはあせって動きだす。自分が武勲《ぶくん》をたてるために。そうだな、軍師どの」

「そうだ。そしてそれだけではない、国都にあるガーデーヴィ王子も、心おだやかではなくなるだろうよ」

もともと、欲と反感とで対立しあっている王子たちだ。パルス軍の軍事的成功が、彼らを刺激するであろうこと、万にひとつもまちがいない。パルス軍が、近日のうちに戦闘をおこなって勝つことは、単なる局地的な勝利にとどまらず、シンドゥラ国全体の命運に結びつくのである。

ラジェンドラが案内人としてパルス軍につけた男は、ジャスワントという。褐色の肌と瑪瑙《めのう》色の瞳をした、ギーヴと同年代の青年で、黒豹《くろひょう》のようにしなやかな精悍さを感じさせる。パルス語も不自由ない。いままでのところ、きちんと案内役をはたしてきてもいるのだが、アルスラーンの部下たちは完全な信頼をおいてはいなかった。

「かなり剣を使えるぞ、あの男は」

あるとき、ジャスワントの身ごなしを見て、ダリューンがつぶやくと、ナルサスが、表面のんきそうにあごをなでた。

「おぬしが認めるほどなら、かなりのものだろうな」

「ひょっとして、刺客《しかく》ではないのか」

ダリューンの声が低くなる。ラジェンドラが、アルスラーンを暗殺するために案内人をよそおって潜入させたのではないか、と、ダリューンは危惧《きぐ》したのだ。ナルサスは、親友の洞察にうなずいてみせた。

「充分にありうることだ。もっとも、おれとしてはもうひとつの可能性について考えているがね」

「というと?」

「ラジェンドラが、おれたちに、危険人物を押しつけた、という可能性さ」

それだけ語って、ナルサスは沈黙し、自分の思案にしずんだ。

Ⅲ

「ラジェンドラ王子に味方するパルス軍一万が、山間の街道を東進しつつあります。一両日のうちにも、この城に到達するでしょう」

その報告がグジャラートの城塞にもたらされたのは、一月末のことである。

この城塞は、北方山岳地帯から国都ウライユールへと伸びる主要な街道を扼《やく》していて、軍事上の要衝《ようしょう》のひとつだった。

城司たるゴーヴィン将軍の下に、ふたりの副城司がいる。プラケーシン将軍とターラ将軍である。配された兵力は、騎兵四千、歩兵八千。数だけなら、充分にパルス軍に対抗できるし、城塞それ自体も、高く厚い城壁と、深い濠をめぐらし、投石器をそなえ、これを陥落《かんらく》させるのは容易ではない。

「城にたてこもるのはたやすいが、パルス軍の実力のほど、ひとつ見せてもらおうか」

ゴーヴィンの指示で、千五百の騎兵と三千の歩兵をひきいたプラケーシン将軍が、迎撃に出動した。

グジャラート城の西、パルス風にいえば一ファルサング（約五キロ）をへだてた街道で、両軍は最初の戦闘をまじえた。

プラケーシン将軍は、なみはずれて大きな馬の背に巨体をあずけ、これまた巨大な刀を短剣のように軽々とうちふりながら、パルス軍に突入してきた。パルス騎兵がくりだす槍を、小枝のようにうちはらう。腕力のすさまじさにおどろいたか、精強なパルス騎兵が、彼の前に道をひらいた。

大刀をふりかざしたプラケーシンが、アルスラーンめがけて突進し、肉迫したとき、黒衣黒馬の騎士が、無言で乗馬を躍らせて、彼の行手にたちはだかった。ひるがえるマントの裏地だけが、人血で染めあげたように赤い。

「じゃまだ、どけ！」

知っているわずかなパルス語で、プラケーシンは咆《ほ》えた。黒衣の騎士は平然と応じた。

「きさまごときシンドゥラの黒犬を、パルスの王太子殿下が相手になさるか。おとなしく、おれの手にかかれ。そうすれば生首だけでも殿下に対面させてやろう」

「ほざいたな！」

プラケーシンの大刀が、陽光を乱反射させながら、黒衣の騎士ダリューンの頭部に落下した。いや、そう見えたとき、べつの閃光《せんこう》が敵味方の視野をくらませた。

ダリューンの長剣は、大刀をつかんだプラケーシンの巨腕を両断し、そのまま速度をおとさず宙を疾《はし》って、右耳の下に深々とくいこんだ。

猛将として名をとどろかせるプラケーシンが、一瞬で死体に変えられたのを見て、シンドゥラ軍は仰天した。

シンドゥラ軍は城塞に逃げもどり、城門をかたく閉ざしてたてこもった。ダリューンを代表とするパルス軍の勇猛ぶりを見せつけられて、ゴーヴィンとターラも、さすがにひるんだのだ。城にたてこもって時をかせぎ、国都からの援軍を待つ、という戦法にきりかえた。地味だが確実な方法である。

未来のパルス国宮廷画家が、若すぎる主君にむかって意見をのべた。

「陥《お》とす方法はいくらでもございますが、あまり時間をかけてはいられません。敵には悪あがきしてもらう必要がありそうですな」

「どうするのだ？」

「こういたせばよろしいかと存じます」

二月一日、パルス軍の使者が、グジャラートの城門の前に馬を立てて、開門を呼びかけた。赤紫色の髪に紺色の瞳をした、たいそう優美な青年で、通訳兼案内人の若いシンドゥラ人をしたがえ、武装といえば剣だけである。使者はギーヴ、したがう者はジャスワントであった。

ギーヴは、罪のなさそうな顔で、片手に竪琴《バルバド》をかかえて、城内の大広間に姿をあらわした。シンドゥラ風にいえば、「銀色の月のような」美青年であるから、噂《うわさ》は風に乗って城内にひろがり、城内の女性たちは、男たちの機嫌をそこねるのも忘れて、異国の美青年に見とれた。

女性たちに愛敬をふりまいたギーヴは、ゴーヴィン将軍の前に出ると、苦虫を十四まとめてかみつぶした表情のシンドゥラ人武将に、無血開城をすすめた。

「むろん、ただとはいわぬ。ラジェンドラ王子は、ひとたびシンドゥラ国の王冠をえた上は、両将軍を厚く遇するであろう、と、おおせになっている。地位にせよ、領地にせよ、望むところのすべてをあたえようと。この際だから、何でも望まれるがよろしかろう」

自分の懐が痛まないものだから、ギーヴはたいそう気前がよい。

ゴーヴィンとターラは、即答をさけた。彼らはむろんガーデーヴィ王子の党派に属しているが、ラジェンドラ王子に味方するパルス軍の強さは、思い知らされたばかりだし、個人的な欲もある。使者であるギーヴのために宴席をもうけ、城内の美人十人ばかりに酒をすすめさせた。その間、自分たちは別室で、どうするべきか相談したが、そこへひそかに姿をあらわした者がいる。

ギーヴのおともをしてきたシンドゥラ人の通訳、つまりジャスワントであった。おどろきあやしむふたりの将軍に、ジャスワントは口の前に指をたててみせ、自分はあなたがたの味方だ、とささやいた。

「と申しあげても、にわかに信じてはいただけないかもしれません。あの者はパルス人ですが、私はシンドゥラの民です。どうか私を信じてください」

「……よし、言ってみろ。聞くだけは聞いてやる」

ジャスワントが声をひそめて告げたのは、つぎのようなことである。

ラジェンドラ王子が、両将軍を味方にほしがっているというのは、まっかな嘘《うそ》だ。欲につられて降伏したりすれば、たちどころにとらえられ、首を刎《は》ねられるにちがいない。それはさておき、パルス軍がそのようなことを申し出てきたのは、将軍たちを油断させるためだ。彼らはグジャラート城の前を、夜中にこっそりと、通過して、国都をめざすつもりでいる。主力の騎兵部隊が先にたち、糧食隊があとにつづく。このとき、シンドゥラ軍は、騎兵部隊をやりすごして糧食隊を襲撃すべきである。いかにパルス軍が精強でも、糧食がなければ戦うこともできず、異郷でのたれ死にするしかない。そうすれば、両将軍の功績は、ガーデーヴィ王子の嘉《よみ》したもうところとなろう。

「じつをいうと、私は世襲宰相《ペーシュワー》マヘーンドラさまの一族の端《はし》につらなる者です。マヘーンドラさまのご命令により、ラジェンドラに近づいて、その信任をえました。どうか私の策に協力していただきたい」

ジャスワントがそう告白し、マヘーンドラの署名がある身分証を、ターバンのなかから出してみせたので、ゴーヴィンとターラは、彼を信用した。三人は、こまかく打ちあわせをおこなった。パルスの使者、つまりギーヴをここで斬る、という提案をターラがおこなったが、パルス軍を油断させるため、ギーヴは生かして帰すことにした。

ギーヴは、美女と酒にかこまれ、竪琴《バルバド》をかき鳴らして、蕩児《とうじ》の本性をあらわしていたが、ゴーヴィンに「返事は明日」といわれて立ちあがり、愛想よく城司と握手をかわし、美女たちをひとりひとり抱きしめて別離をおしんだ。それだけでも、シンドゥラ人たちにとっては腹だたしいことであるのに、美女たちのほとんどが、指輪や腕輪や耳かざりをギーヴに贈ったことが後になってわかった。ターラなどは、彼を生かして帰したことを、心から後悔したものである。もっとも、その後悔は、翌日まではつづかなかったが。

その夜半、パルス軍はひそかに陣をひきはらって、街道を東進しはじめた。兵士は口のなかに綿《わた》をふくみ、馬の口をタオルでしばり、徹底的に物音をたてぬよう用心している。先頭に立って道案内をしていたはずのジャスワントが、いつのまにか、騎兵部隊の後方に姿をあらわしていた。闇に騎兵部隊の後姿をすかし見て、危険な微笑をひらめかせる。

大木の蔭にうずくまり、細長い発火筒を服のなかからとりだし、火を点じようとしたとき、ふいに背後から声がかかった。

「こんな夜中でもはたらいているとは感心だな、ジャスワント」

若いシンドゥラ人は文字どおり飛びあがり、長身をひるがえした。そこにたたずむ人影を見て、唾《つば》をのみこむ。

「ギ、ギーヴどの……」

「そう、シンドゥラの男どもの敵ギーヴさまさ。で、おぬし、こんなところで何をしている？」

「何といって……」

「シンドゥラ軍に、奇襲の合図をするつもりだろう。油断のならない黒猫め、きさま自身の尾に火をつけてやろうか」

「まて、おれの話を聞いてくれ」

叫びかけて、ジャスワントは後方へとびさがった。夜風がうなりを生じ、ジャスワントの褐色の額《ひたい》に、細い血の線がはじけた。

「ふふん、なかなかやるではないか」

剣をかまえなおして、ギーヴは、むしろ楽しそうに笑った。彼の強烈な抜き撃ちは、ジャスワントの額をかすめただけで、かわされたのである。

ジャスワントも発火筒を放りすて、剣を抜きはなった。弁解がとおる立場ではないことを、さとったのだ。彼の正体は、パルス軍によって見とおされていたようであった。もはや、自力で窮地を脱する以外にない。

すべるように前進したギーヴが、第二撃をたたきこんだ。それはジャスワントの眼前ではじきかえされ、飛散した火花は、一瞬、両者の顔を青白く浮かびあがらせた。ふたりの剣士は、視線を交差させた。ジャスワントの黒々とした両眼には緊張と失意が、ギーヴの紺色の両眼には、不敵な笑いがあった。

双方とも、一言も発しない。青ざめた月光の下で、撃ちかわす白刃のひびきだけが、静寂にひびをいれる。両者の技倆《ぎりょう》は伯仲しており、ともに機敏で柔軟な身ごなしをしていた。前後左右に、まるで舞踊のように身をひるがえし、突きと斬撃《ざんげき》をかわしあう。闘いは果てしなくつづくかと思われたが、おそらく精神的な余裕の差であったろう。ギーヴがわざとみせた隙に、ジャスワントがかかった。大きく踏みこんでの斬撃がかわされ、平衡《へいこう》を失ってよろめいた一瞬、ギーヴの剣の平が、ジャスワントの頸《くび》すじを強打した。

シンドゥラ人の若い剣士が、顔から地面につっこみ、意識が闇に落ちたとき、彼と通謀《つうぼう》したシンドゥラ軍は、城外の森にひそんで、息を殺しながら、パルス軍主力が夜道を通過する光景を見まもっていた。

弱々しい月光の下に、アルスラーン王子の黄金の冑が、たしかに見える。それとならんで馬を進める黒衣の騎士は、先日、一刀でプラケーシンを斬殺した、例の勇者であろう。

「うむ、たしかに、アルスラーン王子も、あの黒衣の騎士も、先に行きすぎた。今夜の作戦は、どうやら成功したようだぞ」

じつは、アルスラーンの黄金の冑をかぶっていた少年はエラムであり、ダリューンの黒衣をまとっていたのも、体格のよい騎兵が変装したものであった。だが、月光の下では、そこまで見わけることができない。

パルスが誇る騎兵一万は完全に糧食隊から離れた。そう思ったシンドゥラ軍は、ジャスワントからの合図を待たず、あとからのろのろと夜道をやってきた、牛車や馬車の群にむけて、牙《きば》と爪をむきだした。指揮官の号令一下、猛然とおそいかかる。

「それ、やつらの糧食をすべて奪いとってしまえ！」

シンドゥラ軍は、槍先をそろえ、パルスの糧食隊めがけて突入した。夜の底から馬蹄のとどろきが湧きおこると、パルスの糧食隊は恐怖して立ちすくんでしまったように見えた。

だが、シンドゥラ軍の勝利の確信は、一瞬でくずれさった。糧食を輸送する牛車のおおいがはねのけられると、そこにひそんでいた兵士たちが、突進するシンドゥラ軍めがけて矢をあびせかけたのである。

シンドゥラ軍は人馬もろとも横転し、人と馬とが悲鳴の大きさを競いながら、屍《しかばね》を地につみあげていった。

「おのれ、だましたな！」

激怒しても、これは計略にかかったほうが悪いのである。智で敗れたからには、力で失地を回復するしかない。泥人形のように無力に射たおされていく味方を見ながら、敵中に突入したゴーヴィンは、月光の下に馬にまたがって兵を指揮する少年の姿を見出《みいだ》した。それこそ、ほんもののパルスの王太子ではないか。

「パルスの孺子《こぞう》、そこを動くな！」

槍をしごいて、アルスラーンに襲いかかった。そのとき、アルスラーンの馬のそばにいた一兵士が、槍を投じた。槍は、遠く、正確に飛んで、ゴーヴィンの咽喉《のど》をつきとおした。声もなく、ゴーヴィンは絶命し、地ひびきをたてて馬上から転落した。

月光の下、これほどすさまじい投槍の威力をしめすことができるのは、むろんダリューン以外にいない。彼もまた、一兵士をよそおって、糧食隊のなかに身をひそめていたのである。

一方、ターラ将軍である。彼も部下をつぎつぎと射たおされ、ただひとり、ファランギースと対峙《たいじ》することになった。

ターラは、水牛のような咆哮《ほうこう》をあげると、ファランギースにむかって大剣を振りおろした。迫力と圧力をそなえた一撃であったが、美貌の女神官《カーヒーナ》は、夜風の一部と化したように音もなく身をかわし、間髪《かんはつ》をいれず反撃した。剣光がななめにひらめき、シンドゥラ人武将の頸部《けいぶ》の急所を、おそるべき正確さで断ちきった。噴きあがった血は、月光を受けて、青く見えた。

ゴーヴィンとターラが、あいついで討ちとられると、指揮官を失ったシンドゥラ軍は、なだれをうって逃げだした。そこを、時機を測ってひきかえしてきたバフマンの騎兵隊に突きくずされ、二千余の死体を遺棄して潰走《かいそう》する。城へもどろうとしたが、このときすでに、ナルサスとギーヴの指揮する一隊が、城門を占拠していた。城門から矢をあびせられたシンドゥラ兵は、ついに武器や甲冑をすてて、身体ひとつで逃げのびていった。ただひたすら、敵のいない方角へと。

こうして、グジャラートの城塞は、パルス軍の手に陥ちた。

Ⅳ

「何だ、たった三日の攻防で、グジャラート城が陥落したと!?」

国都ウライユールで、兇報《きょうほう》を受けたガーデーヴィは、象牙でつくられた椰子酒《フェニー》の大杯をとりおとした。

「ど、どうしたものであろう、マヘーンドラ」

「どうもこうもございませぬ。グジャラートは国都の北方を守る要衝《ようしょう》、それをパルス軍に奪われたからには、奪回あるのみでござる。もし、ラジェンドラ王子の軍が、そこに合流したら、これを陥落させるのは困難をきわめます。敵の兵力が集中しないうちに行動なさいませ」

「そうか、わかった」

目標がさだまれば、ガーデーヴィは、いつまでも狼狽してはいなかった。すぐ私室に帰り、冷水浴をして酔いを追いはらうと、甲冑をまとい、軍の出動を命じた。

すでにマヘーンドラの手腕で、軍の編成は完了されている。二月五日、国都を発したガーデーヴィの軍は十五万、王子は白い巨象の背にとりつけられた指揮座にすわり、三百の宝石に飾られた白金の甲冑を身につけていた。この他に、戦象五百頭が軍中にあり、剣と槍の巨大な林は、帯状にシンドゥラの野を北上していった。

一方、パルス軍に占領されたグジャラートの城塞では、しばられたジャスワントがアルスラーンの前に引きだされていた。彼は生命《いのち》ごいしようとはしなかった。

「おれはシンドゥラ人だ。パルス人に、おれの国を売ることはできぬ。パルスを裏ぎったのではなく、シンドゥラに忠誠をつくしただけのこと。この上は、すみやかにおれの生命を絶つがよい」

「では望みどおり」

ギーヴが長剣の鞘《さや》をはらった。ゆっくりとジャスワントの背後にまわる。

「きさまの首を刎《は》ねたあとは、せいぜい悲壮美たっぷりの四行詩《ルバイヤート》でもささげてやるさ。あの世でシンドゥラの神々に自慢するんだな」

白刃が高くふりかざされたとき、制止の声がとんだ。アルスラーンが叫んだのだ。

「待ってくれ、ギーヴ！」

その声を、むしろ予測していたように、ギーヴは剣をとめた。やや皮肉っぽく、王太子を見やる。

「やれやれ、そうおっしゃると思った。殿下のおおせとあらば、剣をひきますが、どうか後日、後悔なさらぬように願います」

そう言われて、アルスラーンは心から困惑したような表情をつくった。アルスラーンが単純な憐《あわ》れみにかられてジャスワントを助命したとして、ジャスワントが将来、恩を讐《あだ》で返さないとは、かぎらないのである。アルスラーン個人に関してならともかく、彼のたいせつな部下たちに禍がおよぶかもしれない。人の上に立つ者として、アルスラーンの責任は大きいのだった。

結局、アルスラーンはジャスワントを解放した。ナルサスが、「私の力がおよばぬほどの害にはならないと存じます。今回はお心のままになさいませ」と助言してくれたからである。縄をほどかれたジャスワントは、アルスラーンの顔を正視せず、むしろ傲然《ごうぜん》と正面だけ見ながら、岩山のむこうへ歩きさっていった。それを見送って、アルスラーンはやや自信なげに軍師を見やった。

「ありがとう、ナルサス。でも、あれでよかったのだろうか、ほんとうに」

「正直、お甘いと思いますが、まあよろしいでしょう。問題は、ガーデーヴィが彼を受けいれるかどうかです」

アルスラーンが小首をかしげたので、ナルサスはつけくわえた。

「現にグジャラートの城が落ちた責任の一端は、ジャスワントにあります。それをガーデーヴィがどう思うか」

ガーデーヴィがアルスラーン以上に優しいとは、ナルサスは思わなかったが、その考えを口には出さなかった。それにしても、あの男は何が理由か知らぬが、功をあせりすぎた。ナルサスの目をくらますには、グジャラートの城塞ひとつぐらい、あえて犠牲にすべきだったのだ。

アルスラーンはナルサスの智略に感歎《かんたん》し、かつ不思議に思わずにはいられない。もしジャスワントが裏切って、最初のパルス軍の行動計画をシンドゥラ軍に告げなかったら、この計略は成功しなかったはずだ。なぜジャスワントが裏切ると、ナルサスにはわかったのだろうか。

「彼がかならず裏切るという自信は、私にもございませんでした。要するに、私は幾とおりも策をねってておきましたので、今回、そのひとつが生かされたにすぎません」

ナルサスがまず考えたのは、ジャスワントが裏切ったときと、裏切らなかったときと、二とおりの対処法であった。さらに、ジャスワントがラジェンドラの刺客であった場合、単なる案内人であった場合、ガーデーヴィの陣営からラジェンドラの陣営に潜入した間者《かんじゃ》であった場合、と、三つの状況を設定した。また、さらに、ジャスワントがガーデーヴィの間者であったとして、ラジェンドラがそれを知っていた場合と、知らなかった場合とをわけて考えた。このようにして、二十以上の状況設定をおこない、すべてに対処法を考えてあったので、今夜はそのうちひとつを使ってみたにすぎないのである。

「右か左か、というやりかたは、ナルサス流ではございません。右に行けばこうなる、左へ行けばこうなる、それぞれの行末について考えておくのが私のやりかたです」

ダイラムの旧領主は、そう語った。

一命をとりとめて解放されたジャスワントが、ガーデーヴィ王子ひきいる大軍と会うことができたのは、苦しい徒歩の旅を三日間つづけた後のことであった。彼は喜んで、自分の身分を告げたが、兵士たちは敬意も好意もしめさず、いきなり彼を槍の柄《え》でなぐりつけ、倒れたところをしばりあげてしまった。そのままガーデーヴィの前にひきずりだされて、ジャスワントは、埃《ほこり》によごれた顔、血走った目で抗議した。

「ガーデーヴィ殿下、なぜ私めに、このようなしうちをなさいますか。殿下に忠節をつくしている私ですのに」

「だまれ、裏切り者め。どの面《つら》さげて、おれの前に出てきたか」

ガーデーヴィは、白刃のように薄く鋭い声で、ジャスワントの胸をえぐった。

「きさまはパルス軍と通謀し、グジャラートの城をやつらにあけわたしたではないか。きさまが忠義づらでゴーヴィンらを城外へ誘いだしたこと、幾人も証人がいるのだぞ！」

「そ、それは、不名誉なことですが、私もパルス人どもに謀《はか》られたのです。けっして、やつらと通謀したのではありませぬ。やつらと通謀したなら、殿下の御前にもどってきますものか。いまごろパルス軍の陣中で祝杯をあげているはずではありませんか」

そう主張されて、ガーデーヴィが反論できずにいると、

「殿下、お怒りはごもっともながら、こやつはわが一族の端につらなる者。これまで何かと役に立ってまいりました。なにとぞ、罪をお赦《ゆる》しくださって、それをつぐなう機会を、お与えくだされますよう……」

マヘーンドラが深く頭をたれて言上《ごんじょう》した。

怒りくるっていたガーデーヴィも、義父の願いをけとばすことはできなかった。あらあらしい呼吸をしながら、ジャスワントをにらみつける。

「よし、世襲宰相《ペーシュワー》の顔をたてて、今回だけは赦してやる。きさまの首は一時、胴体にあずけておくが、今後すこしでも疑わしいまねをしたら……」

ジャスワントが感情をおさえて平伏したとき、偵察にでた騎兵が、血相をかえて、ガーデーヴィの本営に駆けこんできた。

報告は、ガーデーヴィとマヘーンドラをおどろかせた。

にわかに東方へ突出してきたラジェンドラ王子の本軍五万が、ガーデーヴィ軍と国都ウライユールとの中間部へはいりこみ、街道を遮断して陣をかまえてしまった、というのであった。

奇妙な状況になってしまった。

アルスラーンのひきいるパルス軍は、グジャラートの城塞にいる。その南方に、ガーデーヴィとマヘーンドラの軍がいる。さらにその南方に、ラジェンドラの軍がいる。そしてさらに南方に、国都ウライユールが位置しているのだった。

対立するふたつの陣営が、それぞれ兵力を二分されてしまっているのである。ガーデーヴィは北と南を敵に挟まれているように見えるが、その兵力は、敵の全兵力より大きい。したがって、南北に分断された敵を、各個撃破することも可能である。ラジェンドラは、南下して国都を攻撃することもできるが、そうすると背後ががらあきになってしまうし、国都にはまだ三万をかぞえる兵力が残っている。もっとも北のパルス軍と、もっとも南の国都ウライユールとは、それぞれ味方の主力から切りはなされて孤立している。いずれの陣営でも、頭をかかえこみたくなるような状況であった。

「どうも、私が考えていた状況のなかで、一番ばかばかしい事態になったようです」

偵察隊の報告を聞き、地図を見ながら、ナルサスは片頬をなでた。彼としては、ガーデーヴィとラジェンドラとが、国都北方の街道でばったり出会って、そのまま決戦になだれこむことを期待していたのである。

「ちと虫がよすぎたようだな」

万騎長《マルズバーン》バフマンが、重々しい口調で皮肉った。ナルサスは、さからわない。

「老将軍のおっしゃるとおりでござる」

そう認めてから、不敵に微笑した。

「ですが、すぐよい虫に変わるでしょう。もともと彼らは戦うために兵を動かしておりますゆえ。ガーデーヴィが決戦を心さだめるまで、長くとも三日というところかと存じます」

あっさりと言ってのけた。パルス軍は、いつでも城から出撃できるよう準備をおこなった。これはバフマンが指揮をとった。

その夜、正式な会議の後、ダリューンとナルサスは自分たちにあてがわれた部屋で、さらに私的に、今後の作戦を検討した。

ナルサスの前には、二皿の料理が並んでいる。エラムがつくった羊肉のピラフと、アルフリードがつくった鳥肉をはさんだ薄焼パンだ。エラムとアルフリードは、何かと角《つの》つきあわせているのだが、同じ料理をつくってナルサスを困らせようとしないのは感心だった。

もっとも、どちらの料理を先に口にするべきか、それもなかなかに微妙な問題である。

「いっそ、はやく敵が攻めてくればよいと思っているだろう、ナルサス」

ダリューンがからかう。完全に彼のいうとおりなので、ナルサスは反論もせず沈黙している。シンドゥラ国の地形図に視線を落としたままだが、表情がじつにあいまいである。宮廷にいたころは、何人かの宮女と浮名を流したこともあるのだが、今回はお遊びに徹してはいられない。エラムの将来に対して、ナルサスは責任があるし、アルフリードを突きはなすわけにもいかなかった。

ところで、アルスラーンとエラムは、パルスの伝統的な社会制度からいえば、たいへんな身分の差があるのだが、一面では生死をともにした友人であり、一面では兄弟弟子である。ナルサスには政事《まつりごと》や用兵を教わり、ダリューンには剣や弓を教わっている。ふたりとも、なかなか教師にとってはよい生徒だった。

「将来、アルスラーン殿下が国王《シャーオ》となられ、エラムがそれを補佐すれば、よい政事がおこなわれるのではないかな」

ダリューンがそう未来を予想してみせると、ナルサスは、シンドゥラ国の地図から視線を離さずに答えた。

「そうだな。遅くても十年先にはそうなってほしいものだ。そうなれば、おぬしもおれも、憂世《うきよ》の義理から解放されるだろう」

解放された後、彼らは何をすればよいのか。ナルサスは画聖《がせい》マニの再来をめざして絵筆をとるのだろうか。ダリューンは失われた恋を追って絹の国《セリカ》へふたたびおもむくのだろうか。それぞれが、親友の行末に思いをはせながら、しつこく質《ただ》すこともなく、たがいの存在を認めあっているのだった。

そして、彼らより未熟な十四歳の少年も、自分自身の未来と過去と現在に思いをはせていた。アルスラーンは、仮に彼の城となったグジャラートの城壁にもたれかかって、異国の星の光に濡れながら、ひとり考えこんでいる。いや、正確にはひとりと一羽である。王子の肩には、鷹の告死天使《アズライール》が寄りそって、羽をもたない親友を守るように、眼を光らせていた。

あの悲惨なアトロパテネの敗戦以来、まだ四か月は経過していない。それなのに、十年もたったような気がする。いろいろなことがあった。たぶん、ありすぎた。それらのなかで、いまアルスラーンの心をしめているのは、彼自身の身の上に関して、万騎長《マルズバーン》バフマンが何を知っているのかという疑問だった。

「……王太子殿下、この戦《いく》さが終わってペシャワールの城塞にもどりましたら、このおいぼれめが存じあげていることは、すべてお話し申しあげます。それまで、どうかご猶予をくだされ」

シンドゥラ国に出陣するさい、バフマンはそう言ったのだ。

アルスラーンは、さとりきっているわけではなかった。バフマンが何を語るのか、それを知りたいという思いと、知りたくないという思いとが、少年の体内でせめぎあっているのだった。そして、その奥に、深淵がひらいている。昨年の末、つい五十日ほど前のことだ。冬の星々に見おろされたペシャワール城の城壁の上で、バフマンが叫んだことを、アルスラーンは思い出すのだ。

「その方を殺しては、王家の正統な血が絶えてしまう。殺してはならぬ……!」

その方とは、アルスラーンのことではなかった。アルスラーンを殺そうとして襲いかかってきた、銀色の仮面の男。彼を殺してはいけない、と、バフマンは叫んだのだ。

銀仮面の男は、いったい何者だろう。

あの男は、王家の血を引いている。それはまちがいないことだ。アルスラーンが知りようもない因縁を、あの男は知っているにちがいなかった。

アルスラーンは、十四歳の少年にしては、まことに多事多端《たじたたん》だった。侵略者を追い、国をとりもどし、とらわれている両親を救いださなくてはならない。だから、ふだんは、この疑問も忘れかけている。だが、この夜のように、つかのまの余裕がおとずれると思いだしてしまうのである。

……そして、あいまいなくせに、もっとも根源的でおそろしい疑問が、アルスラーンの胸の奥に泡だちはじめていた。

自分はいったい誰なのだろう……?

アルスラーンが身ぶるいしたのは、一瞬つよまった冬の夜風のせいではなかった。自分自身の考えたことが、少年を慄然《りつぜん》とさせたのだった。アルスラーンは、アンドラゴラス王とタハミーネ王妃との間に生まれたパルスの王太子であるはずだった。それを疑う理由などないはずだった。いままでは。だが、バフマンのあのときの一言が棘《とげ》になって、心のひだに刺さっている。バフマン自身も、アルスラーンに対して自責の念があるだけ、現在は黙々と忠誠をはげんでいるのだろう。だが、それにしても、あの一言の意味するところは、アルスラーンには重く、にがすぎた。

城壁上に足音がして、アルスラーンはびくりとした。鷹の告死天使《アズライール》が少年の肩の上でするどく鳴いた。だが、あらわれたのは、敵ではなく、たのもしい味方の姿だった。冑だけをぬいだ黒衣の騎士が、ていねいに一礼した。

「王太子殿下、いかに南国とは申しましても、冬の夜風はお身体にさわります。そろそろお寝みになられては」

「ダリューン」

「は?」

「私は、いったい誰なんだろう」

つぶやくような声は、夜風にのってダリューンの耳に達し、黒衣の騎士は、戦場ではけっしてしめさない動揺を、わずかにしめした。なにしろ、巧言令色《こうげんれいしょく》とは縁のない男である。適当な返事がとっさには出てこない。アルスラーンの質問の意味を正確に知るだけに、なおさらだった。

「そのようなこと、あまりお考えになりますな。ナルサスが申しておりました。充分な知識を持たずに自分ひとりの考えに落ちこんでも、正しい答えはえられないと……」

バフマンがすべてを告白するまでお待ちなさい、と、ダリューンは言うのであった。アルスラーンが沈黙していると、黒衣の騎士は、何か思いついたように口を開いた。

「殿下のご正体は、このダリューンが存じております」

「ダリューンが？」

「はい、殿下はこのダリューンにとって、だいじなご主君でいらっしゃいます。それではいけませんか、殿下」

アルスラーンの肩の上で、告死天使《アズライール》が小さく鳴いた。アルスラーンは反対がわの手を伸ばして、鳥の形をしただいじな友人の頭をなでた。晴れわたった夜空の色をした瞳から、銀色の波があふれて頬につたわった。

なぜ涙が出るのか、アルスラーンにはよくわからなかった。わかったのは、いま泣いてもけっして恥にはならないということだった。心配したようにのぞきこむ告死天使《アズライール》の頭を、やたらになでながら、王子はつぶやいた。

「ありがとう、ダリューン」

……この夜、ガーデーヴィ王子は、十五万の軍を、ついに動かしはじめた。北方のパルス軍を撃つと見せて、南方のラジェンドラ軍の動きをさそうつもりであった。ラジェンドラ軍がガーデーヴィ軍の後背をおそおうとすれば、軍を返して、正面からこれをたたきつぶす。ラジェンドラがガーデーヴィの留守に国都を攻めようとするのであれば、やはり反転して、ラジェンドラ軍を後背からたたきつぶす。ガーデーヴィ軍の戦力は圧倒的であり、そのような力業《ちからわざ》が可能なはずであった。

「おれの主敵は、ラジェンドラだ。多少の損害を出してもよいから、とにかく、やつの軍をたたきつぶして、やつの首をとる、そのあと、パルス軍などはどうにでもなる」

ガーデーヴィは、そう決意したのだった。

第三章　落日悲歌

I

ガーデーヴィ王子の軍が大挙して動きだしたとの報は、すぐにパルス軍にもたらされた。ガーデーヴィのひきいる全軍十五万のうち、二万がグジャラート城のパルス軍にそなえ、残り十三万が、ラジェンドラ軍との間に戦端《せんたん》をひらいたのである。

城の広間でパルス軍の作戦会議がひらかれ、席上、ナルサスはつぎのように発言した。

「ガーデーヴィが何を考えているのかは、よくわかります。そして彼の決意は正しいのです。敵を圧倒する大軍をそろえた以上、正面から力で敵をうちくだくのが、用兵の常道《じょうどう》というものですから……」

大きくうなずいて賛成の意思をあらわしたのは、万騎長《マルズバーン》バフマンであった。ナルサスの軍師としての識見を、彼なりに認めてはいるのである。

「しかし、ガーデーヴィは、わがパルス軍の真価《しんか》を知りません。不幸な男に、それを教えてやりましょう。彼は教訓を生かすことはできないでしょうが、ラジェンドラに対しては、よく見せつけておく必要があります」

うなずいたアルスラーンは、全軍に出動を命じた。

パルス軍一万余、その大部分は万騎長《マルズバーン》バフマンの部隊である。これに、アルスラーン王太子と、六人の直臣、それにキシュワードがつけてくれた五百騎が加わる。バフマンについては、「信用できるかな」と、いまだにギーヴなどは言うのだが、その点については、もはやナルサスは心配していない。心配しているのは、かつてファランギースが口にしたように、バフマンが死の誘惑にとらわれているのではないか、ということである。

王家に対する、かたくななまでの忠誠心。それが、かかえこんだ秘密の重さに耐えかねているのではないか。自分の死によって、おそろしい秘密を世に出さぬままにしようと、ひそかに決意しているかもしれない。

そうさせてはならない、と、ナルサスは考えている。ただ、やっかいなことに、この件に関するかぎり、ナルサスは自分の正しさをかならずしも信じることができないでいるのだった。

自分の正しさを全面的に信じこんでいるシンドゥラの王子ふたりは、二月十日、「チャンディガルの野」と呼ばれる場所で、それぞれの軍をひきいて対面した。

ガーデーヴィは白象《はくぞう》の背に乗り、ラジェンドラは白馬にまたがっている。ふたりとも宝石だらけの甲冑をまとい、白絹のターバンを頭に巻いて、そのターバンにも大きな宝石がついていた。どこまでも対抗するつもりか、ガーデーヴィは青玉《サファイア》、ラジェンドラは紅玉《ルビー》である。

「白象の王子さまと、白馬の王子さまの、華麗なる戦いだな」

かつて、ふたりの王子のいでたちを知って、ギーヴがせせら笑ったものである。

シンドゥラの戦いの習慣では、このように正面から敵と対面したとき、それぞれの軍の総帥《そうすい》が、自分の正しさを大声で主張する。戦いは、まず舌戦からはじまるのである。

ふたりの王子は、百歩ほどの距離をおいてにらみあった。先に舌戦を開始したのは、ガーデーヴィのほうである。

「ラジェンドラ、きさまはたかが奴隷女の腹から生まれた犬ころの身でありながら、至尊《しそん》の座をねらうとは、身のほど知らずにもほどがある。似あいもしない白馬からおりて土下座し、罪をわびれば生命だけは助けてやるぞ」

そうあびせられたラジェンドラは、まげた口から嘲笑《ちょうしょう》をはきだした。

「おれが犬ころだとすれば、犬を相手に勝つこともできないきさまは、犬以下だ。おれたちの父王が、正式に王太子をさだめなかったのは、なぜだと思う？　母親の血統からいえば、きさまのほうがはるかに優位なのに、そうならなかったのは、きさま個人がおれ個人よりずっと見劣りするからだぞ」

口の達者さからいえば、ガーデーヴィはラジェンドラの足もとにもおよばない。返答につまって沈黙したあとは、たちまち武力にうったえることを決意した。

「ラジェンドラの犬めをたたきつぶせ！」

こうして、異母兄弟どうしの戦いがはじまったのである。

最初のうち、形勢は互角に見えた。ガーデーヴィ軍は十三万、ラジェンドラ軍は五万、まともに戦えば、ラジェンドラに勝算はない。だが、このときラジェンドラは、まず戦場を選んだ。チャンディガルの野は、いくつかの川に分断された、それほど広くない盆地で、ガーデーヴィは全軍を一度に戦場に投入することができなかったのだ。ただ、横に広がれない分、ガーデーヴィ軍の陣容は厚く、中央突破など不可能だった。

騎兵どうしの激突に、歩兵の交戦がつづいた。砂煙がまいあがり、剣と槍と盾《たて》がひらめき、鳴りひびき、切断された肉体から血がほとばしって砂を赤黒く染めあげた。

一瞬ごとに、死が産みだされていった。馬上で人間が剣を撃ちかわすと、馬さえ相手の馬にかみついて、いななき狂う。

正午直前、ガーデーヴィの騎兵の波状攻撃が、千をこす人馬の死体を地にまいて失敗に終わった。ラジェンドラは優勢に立ったように見えた。だが、そのとき、ガーデーヴィ軍の一部に、小山のようなものがうごめくのが見えた。遠雷に似た音が、空気を割った。足もとの大地が、不気味な揺動《ようどう》をつたえてくる。それに気づいたとき、ラジェンドラ軍の将兵の顔に緊張が走った。

「ラジェンドラ殿下、戦象部隊が動きだしましたぞ！」

「早いな……」

それだけガーデーヴィは、本気であり、あせってもいるのだろう。ラジェンドラにとっても正念場であった。彼の軍隊は、騎兵、歩兵、戦車兵から成っていた。シンドゥラ最強の戦象部隊は、ガーデーヴィの手中にある。自信満々がターバンをかぶったようなラジェンドラでさえ、その点の不利は自覚せざるをえなかった。

「弓箭隊《きゅうせんたい》、前進！　象どもに矢をあびせろ」

命令を受けた弓箭隊は、勇敢にそれにしたがった。だが、彼らの勇気はむくわれなかった。

ぱおおおん……と、咆哮《ほうこう》を発して突進する五百頭の戦象は、放たれる矢をものともせず、たちまちラジェンドラ軍にせまり、弓箭隊をけちらすと、そのまま突入してきた。重い長大な鼻をふりおろして、歩兵の頭をたたきつぶし、牙の先に馬をはねあげ、陣地の柵をふきとばす。

まったく、戦象部隊の威力はすさまじかった。破壊と悪意の巨大なかたまりが、ラジェンドラ軍を押しつぶし、踏みにじり、蹴りくだく。砂と血と悲鳴が、縞《しま》もようの煙となってまいあがった。

たちまちラジェンドラ軍の前衛は浮足だった。かろうじて隊形だけはたもちながら、百歩、二百歩と後退した。戦象が咆哮するだけで、あわててしりぞくありさまだった。ラジエンドラ軍はもともと数がすくない上に、勢いにおいてさえ劣るとなれば、勝算などなくなってしまう。

「おれにも戦象部隊があれば」

ラジェンドラは歯ぎしりしたが、いまさらくやしがっても、どうしようもない。ラジェンドラの部下が、悲鳴まじりにつげた。

「このままでは惨敗です、殿下」

「わかっている！」

ラジェンドラはどなった。無益な報告をする部下に、腹がたった。ガーデーヴィとちがうのは、相手を鞭でなぐりつけたりはしないことだ。

「せめてパルスの騎兵部隊がいれば、敵の兵力を分散できるのだが……ふん、おれもやきがまわったらしい。さっきから、ぐちばかりか」

ラジェンドラが自嘲《じちょう》したとき、一騎の伝令が彼のもとへ駆けつけてきた。

「パルスの騎兵部隊です！」

聞きちがいか、と思ったほど、意外な吉報だった。だが、それは事実だった。彼の眼前で、たちまち戦況が変化していった。

ガーデーヴィ軍は、無防備な側面を突きくずされて混乱した。パルス軍は三度つづけて矢を斉射したあと、長槍をつらねて敵の隊列に突進し、さんざんに突きくずした。勝勢に乗りかけたガーデーヴィ軍は、足をすくわれた形で、開戦当時から前進した距離を、押しもどされてしまった。

ラジェンドラは腰が軽い。自ら馬をとばしてパルス軍に駆けより、アルスラーン王子の姿をさがしだして、声を投げかけた。

「アルスラーンどの、いったいどうやってここまでやって来られた!?」

「ちょっと飛んでまいりました。もうすこし早く参上するつもりでしたが」

黄金の冑の下で、アルスラーンは笑ってみせた。冑の反射か、まぶしい笑顔に見えた。

さっと右手をあげると、名だたるパルスの騎兵部隊が、高々と槍をシンドゥラの陽にかざし、「全軍突撃《ヤシャスイーン》！」の号令とともに、ふたたび敵軍に突っこんでいく。

パルス軍がこれほど神速《しんそく》の行動をとることができたのは、何といっても全軍が騎兵から成っていたからである。ナルサスの処置は、さらに巧妙をきわめた。まずグジャラート城を見はるガーデーヴィ軍に、パルス軍が退去するという流言をばらまいた。そして実際にかなりの数の部隊が城を出てみせた。ガーデーヴィ軍は、空《から》になった城を占拠するために、城内に突入した。そこを、城壁上にかくれていたパルス軍に矢の雨をあびせられ、大きな損害をこうむってしまったのだ。強攻策にこりたガーデーヴィ軍は、城の南方に陣をしいて持久戦法に出た。ところが、城壁にパルスの軍旗がたちならんでいるのは、すべて見せかけで、パルス軍は北の門からひそかに城を出、やや東よりの迂回路《うかいろ》をとって、東南の方角から、戦場へあらわれたのである。ガーデーヴィ軍は、パルス軍の攻撃にそなえて、西と北の陣容を厚くしていたから、パルス軍の奇襲は、白紙に絵を描くようなみごとさで成功したのだった。

そしていま。パルス軍は強い。その事実を、ガーデーヴィも自分自身の目で確認することになった。

一万の騎兵は、バフマンの老練な指揮の下で、完璧《かんぺき》な集団運動を展開した。

ガーデーヴィ軍は、このとき、大軍の欠点を暴露してしまった。総帥であるガーデーヴィの命令がとどかないままに、パルス軍に側面をえぐられ、組織的な反撃もできず、ばらばらの対応で、みるみるうちに傷口を大きくしていったのだ。

バフマンの指揮ぶりが安心できるものであったため、アルスラーンの直臣たちは、王太子の身辺を守って、しばらくは高みの見物を楽しむことができた。辛辣《しんらつ》なギーヴでさえ、

「あの爺さん、案外やるな」

とつぶやいたほどである。

ラジェンドラの利益は、ガーデーヴィの損害である。パルス軍急襲の報を受けたガーデーヴィは、それを防ぐことができなかった部下たちの無能を、ひとしきりののしったあげく、はきすてるように命じた。

「戦象部隊をパルス軍にたたきつけろ！」

とにかく戦象部隊を使えば、戦況は好転する。そういうガーデーヴィの信念は、まことに安直なものであるのだが、彼がそう思いこむのも、むりはなかった。

無傷、無敵の戦象部隊は、大地を鳴動させながら、ついにパルス軍におそいかかっていった。

II

「シンドゥラの戦象部隊か！」

勇猛をもって鳴るパルス軍も、さすがに唾をのみこんだ。

これまでパルス軍はシンドゥラ軍と何十度も戦ってきたが、騎兵戦や歩兵戦ではつねに敵を圧倒してきた。苦戦したときは、戦象部隊がたくみに使われた場合である。勇猛無比のアンドラゴラス王でさえ、戦象部隊と正面から戦おうとはしなかったのだ。

しかも、ガーデーヴィは、この戦いで、象たちの餌《えさ》に薬物をまぜさせていた。薬の作用で、象たちは兇暴になり、たけだけしい生きた兇器となっている。

象の餌に薬物をまぜることには、象の飼育係がはげしく反対した。彼らは象を家族のようにかわいがっている。薬物中毒にさせ、単なる殺人の道具にされては、たまらなかった。だが、おりからの寒気が、象たちをひるませ、なかなか動こうとしない。ガーデーヴィにしてみれば、寒さで動けない戦象部隊など、宝の持ちぐされである。ガーデーヴィは、反対する飼育係のひとりを、自ら剣をふるって斬りすてた。見せしめのためである。こうして、シンドゥラの歴史上、もっとも兇暴な戦象部隊が誕生したのだった。

突進というより暴走する象の大群は、空気と大地をゆるがせた。

パルス軍は逃げ出した。

最初から戦う気などないような、みごとな逃げっぷりである。むろん、それは潰走《かいそう》ではない。ナルサスの計画と、バフマンの指揮によるものであった。

戦象部隊は、逃げるパルス軍を追いかけた。

薬物の効果である。逃げる者を見れば、どこまでも追いかけ、追いつき、踏みつぶさずにはおかない。その獰猛《どうもう》さは、象をあやつる兵士たちの能力をこえた。

「とまれ！　もっとゆっくり！」

象の背で、兵士たちは叫んだが、象たちはそれを無視した。というより、もともと温和な象たちは、いまや完全に狂っていた。ひたすら血を求めて前へ進む。その勢いに、ガーデーヴィ軍の他の部隊は、とうていついていけなかった。

こうして、パルス軍は、たくみに戦象部隊だけを突出させ、ガーデーヴィ軍の陣形を混乱させることに成功したのである。

「さすがにバフマン老は百戦練磨。戦場でのかけひきは万全でござる」

アルスラーンのそばで、ダリューンが感心してつぶやいた。ナルサスは、味方に合図して、十台の車を陣の先頭に進み出させた。

それは投石器を改良した兵器だった。巨大な石のかわりに、毒をぬった長槍を三十本、いちどに発射するのである。矢では象の厚い皮膚《ひふ》に通用しない。ばねを利用したもっと強烈な力で、もっと大きな武器を投げつけなくてはならなかった。シンドゥラ軍との戦いをさだめた日から、ナルサスはこの兵器のために絵図面を描いていたのである。

戦象部隊が、たけだけしく、無秩序に、砂煙をまきあげて肉迫してきたとき、ナルサスの手がさっとあがった。

十台の車から、三百本の槍が、風を切って飛んだ。それが砂煙のなかにつぎつぎと姿を消すと、ひときわすさまじい咆哮がまきおこった。

象たちの突進がとまっていた。巨体を数本の槍につらぬかれ、血を流し、もがき、たけりくるっている。動くほどに毒がまわり、咆哮は悲鳴にかわった。第二陣の飛槍三百本が、さらにその頭上に降りそそぎ、象たちは倒れはじめた。

倒れる巨象は、地軸《ちじく》をゆるがすひびきをたてた。ぱおおおん……と、大気をなぐりつけるような悲鳴をふきあげ、人間の腿《もも》よりふとい鼻を天につきあげる。象をあやつる兵士たちは、地に投げ出され、象の身体や足に押しつぶされて、絶叫をあげた。地上に、小さな肉の山がいくつも生まれ、それらに槍の林がつきたって揺れている。酔っぱらいの悪夢にあらわれるような光景は、強い血のにおいにみちていた。

「ダリューン！」

アルスラーンが振りかえると、彼のそばにひかえていた黒衣の騎士は、すべてを了解してうなずいた。黒馬の腹をけって戦場のただなかに躍りこんでいったのだ。

ダリューンの馬術は、神技にひとしい。黒馬もまたよく騎手の技倆にこたえ、もがきのたうちまわる象の群の間を走りぬけていく。象の鼻、牙、足の間をすりぬけ、まっすぐ、猛然と走りよった。敵の総帥であるガーデーヴィ王子の白象めがけて。

白象の背に玉座をすえて、そこにすわっていたガーデーヴィは、人馬一体となって突進してくるダリューンの姿に戦慄した。

「あの黒衣の騎士を殺せ！」

白象の背から、ガーデーヴィは絶叫した。

その声に応じて、ガーデーヴィの身辺を守る騎士たちが、手に手に白刃を抜きつれ、ただ一騎おそれる色もなく突進してくるパルス人に斬ってかかった。

このとき、ダリューンの手にある武器は、絹の国《セリカ》より渡来した戟《げき》である。長い柄の先に、両刃の剣の刀身を三本つけたもので、突き刺す、斬る、なぎはらう、三つの機能をそなえ、乱戦にむいている。

ダリューンは、この戟を馬上から右に左に、おそろしい速度で振りおろし、はねあげた。

彼の周囲で、人馬の絶叫がわきおこり、切断された首や腕が宙を乱舞した。シンドゥラ軍の戦士たちは、血煙とともに、ことごとくダリューンの身辺から吹きとんでいくかと見えた。

「どけ！　犬死するな！」

ダリューンのマントの裏地は、真紅である。それがシンドゥラ兵の流血をうけて、この世のものとも思えぬ紅さにかがやいた。たちまち戟の柄まで鮮血にひたして、ダリューンは包囲網を突きやぶり、白象の巨体を見あげつつ、するどく問いかけた。

「ガーデーヴィ王子か!?」

白象の王子は答えなかった。とっさに声が出ない。夢中で腰の剣をひきぬく。鞘《さや》にも柄《つか》にも、宝石がちりばめられていて、装飾過剰だが、剣の刃は、さすがに鉄でつくられていた。

「白象を寄せろ。馬ごと、やつを踏みつぶせ！」

象をあやつる奴隷兵の背中に、鞭をたたきつける。奴隷兵が苦痛の声をあげながら、それでも王子の命令にしたがうありさまを、ダリューンは馬上から見た。

「あのようなまね、アルスラーン殿下は、けっしてなさらぬ」

そう思いつつ、黒馬を駆って、白象の後方にまわりこもうとしたとき、空気がうなりをあげてダリューンの甲冑をたたいた。

「やっ……！」

宙でうねった白象の巨大な鼻が、ダリューンの戟を巻きとっていた。宙天たかく、それを投げあげる。象と力くらべすることもならず、にわかにダリューンは素手になってしまっていた。よろめく黒馬をたてなおし、腰の長剣に手をかける。そのとき、白象がすさまじい雄叫《おたけ》びを発して、ダリューンの頭上にのしかかろうとした。

「ダリューン！」

声まで蒼白《そうはく》にして、アルスラーンが叫んだ。

ファランギースとギーヴが、同時に馬上で弓をかまえ、矢をつがえた。一瞬、ふたりの視線がたがいの姿を認めあう。ひとりは愉快そうに笑い、ひとりは微笑もせず、これまた同時に矢を射放した。

二本の矢は流星の軌跡をえがいて飛び、白象の左右の目に突きたった。

盲目となった白象は、怒りと苦痛の咆哮《ほうこう》をあげた。ぱおおおん……鼻をふりまわし、四本の足を踏み鳴らして、味方の兵を踏みつぶす。不幸なシンドゥラ兵の肉が裂け、骨がくだけた。視力を失い、均衡をくずした白象が、数百の太鼓《たいこ》をうちならすような音をたてて、ついに転倒した。

ダリューンは黒馬から身軽に飛びおり、愛用の長剣を抜きはなつと、揺れ動く白象の巨体にとびのった。

倒れた象の巨体の上で剣をふるうなど、ダリューンにとっては、生まれてはじめての経験である。だが、彼本来の武勇は、ほとんどそこなわれていなかった。象の皮膚を足もとに踏みしめ、うろたえるガーデーヴィ王子めがけて、剛剣をふりおろす。

ただ一合で、ガーデーヴィの宝石だらけの剣は、持主の手から宙へはねとばされていた。ガーデーヴィ自身も、宝石づくりの座からなげだされ、象の皮膚の上を這《は》って、強すぎる敵から逃げだそうともがきまわった。

ダリューンの剣がせまる。

そのとき、まるで地震の丘を疾駆するように、白象の背を躍りこえてきた一騎がいる。ふりかざされた剣が、閃光の滝となってダリューンの頭上に落ちかかった。

ふりむきざま、その激烈な斬撃を受けとめ、相手の剣をはじきとばしたのは、ダリューンなればこそであった。だが、さすがのダリューンも、上下動する象の背で、身体《からだ》の均衡をたもつことはできなかった。反撃しようとしてよろめき、のけぞり、象の背から地上へ転落した。長身を一転させて、とびおきる。

ダリューンを転落させた騎手は、彼にそれ以上かまおうとしなかった。むしろ剣を失ったことで、右手が自由になったことを幸いとしたようである。右手を伸ばすと、白象の背にはいつくばっているガーデーヴィの手をつかみ、馬に引っぱりあげた。鞍のうしろに乗せ、馬の腹をけりつけると、ふたたび、砂塵《さじん》のなかへ走りこもうとする。

わずか数瞬のことである。あまりの意外さ、あざやかさに、さすがアルスラーンの直臣たちも、あっけにとられてその光景を見守っていたが、我に返ったファランギースが、弓をひきしぼった。するどい鏃《やじり》が、逃亡者の背中にむけられる。だが、そのとき、

「射つな、あれはジャスワントだ！」

アルスラーンの声が、ファランギースの動作を停止させた。たちまちジャスワントの姿は、砂塵と混戦の渦のなかにもぐりこんで見えなくなってしまった。ファランギースが、かるく首を振って、弓と矢を収めた。緑色の瞳で、若すぎる主君を見やって、風がはためくような微笑をたたえる。

「殿下があの者をお助けになるのは、これで二度めでございます。あの者に恩を感じる心があれば、よろしゅうございますが」

アルスラーンが「さあ」と答えてかるく笑ったとき、ダリューンが黒馬に乗って帰ってきた。彼の無事をアルスラーンが喜んでいると、ラジェンドラ王子が意気揚々《いきようよう》と馬を走らせてきた。戦象部隊が潰滅《かいめつ》し、総帥が逃げだしたため、ガーデーヴィ軍はもろくも総くず

れとなり、戦いは掃蕩《そうとう》戦の段階にうつりつつある。

「アルスラーンどの、おかげで大勝利だ。まことにかたじけない。この上は逃げるだけが上手なガーデーヴィの腰ぬけを追って、国都ウライユールを陥落させてやるだけだ」

「勝利は近いようですね」

「おお、わが心の兄弟よ、シンドゥラ国に正義が回復する、その日が近づいたのだ。おぬしの好意は、けっして忘れぬぞ。これからもよろしく頼む」

どこまでも調子のいい男である。アルスラーンの後方に馬をひかえていたギーヴが、低く舌打ちした。

「ギーヴは自分自身を鏡に映して不愉快がっているのじゃな」

ファランギースのほうが、めずらしく冗談めかしていうと、ギーヴが、これまためずらしく憮然《ぶぜん》として、ひとりごとをもらした。

「いくら何でも、おれはあいつよりはまともだと思うがなあ」

すると、それまで沈黙を守っていたナルサスが耐えかねたように笑いだした。

「そうだな、ラジェンドラ王子のほうでも、おぬしと同じことを考えているだろうな」

Ⅲ

思いもよらぬ惨敗であった。ガーデーヴィにとっては、屈辱の極致というしかない。ジャスワントに生命を救われ、ようやく国都ウライユールに逃げ帰ってきたガーデーヴィは、舅《しゅうと》である世襲宰相《ペーシュワー》マヘーンドラの出迎えを受けた。無事をよろこぶマヘーンドラに対してガーデーヴィは冷たかった。

「マヘーンドラよ、おぬしのいうとおりに事を運んだが、このざまだ。何十年も権勢の座にいる間に、おぬしの知恵にも赤錆《あかさび》がついたと見えるな。もうすこしましな知恵が出なかったのか」

マヘーンドラは憮然としたようであるが、反論しようとはしなかった。

「まことに私めの策が甘《あま》うございました。ですが、城内にはまだ無傷の兵がおりますし、敗軍をまとめれば、充分にラジェンドラに対抗できるでございましょう。何よりも国都の城壁は、容易に突破できるものではございません」

「ふん、はたしてそうかな」

疑うような、また嘲《あざけ》るようなガーデーヴィの表情だった。王子の顔と身体を飾る、きらびやかな宝石の群が、このときすべてまがいものであるように、マヘーンドラの目に映った。

「戦象部隊も、不敗にして無敵であったはずだ。それが見よ、一頭のこらず戦場に倒れてしまっておるわ。いずれ胡狼《ジャツカル》どもの餌になるのが落ちよ。国都の城壁だとて、わかるものか」

「殿下……」

「とにかく、おまえの責任だ。何とかしろよ。疲れたゆえ、おれは寝《やす》むからな」

つい先日、その智謀をほめたたえたことも忘れたように、ガーデーヴィは頭ごなしのことばをマヘーンドラにたたきつけた。足音もあらあらしく自室へと立ちさる。その後姿を見送ったマヘーンドラは、ゆっくりと視線を転じた。床の上にひとりの若者が片ひざをついてひかえている。

「ジャスワントよ、おぬしはこのたびの敗戦に際し、敵の刃の下をくぐって、ガーデーヴィ殿下をお救いしたそうだな」

「はい、世襲宰相閣下《ペーシユワーかつか》」

「ようやってくれた。ところで、それについて、殿下はおぬしに感謝のことばをお述べになったか？」

「いえ、ひとことも」

ジャスワントの返事を聞いて、マヘーンドラはため息をついた。シンドゥラ国を長年にわたってささえつづけてきた重臣は、このとき一度に年をとったように見えた。

「わしは婿選びをまちがったのかもしれぬのう。たしかにわしの知恵には赤錆がついてしまったようだ」

「………」

ジャスワントは答えない。マヘーンドラの顔から床《ゆか》へ視線を落とし、何かに耐えるように唇をかんでいる。

マヘーンドラは、みごとなあごひげを片手でかるくしごきながら、また考えに沈んだが、ややためらいがちに言いかけた。

「ジャスワント、もしあのとき……」

マヘーンドラのことば半ばに、ジャスワントは、はじかれたように顔をあげた。

「いえ、世襲宰相閣下《ペーシュワー》、どうかそのことはもうおっしゃいませんよう」

口調は強いが、声がわずかに震えている。

マヘーンドラは、あごひげから手をはなした。表情がゆっくりと冷静な政治家のものにもどる。彼には、ガーデーヴィ派の重鎮として、さまざまに対処すべきことがあるのだった。

「そうだな。言うても詮《せん》ないことであった。ジャスワントよ、もはやわれらは国都の城壁に拠《よ》って、ラジェンドラ一党をしりぞけるしかない。頼りにしておるぞ」

「ありがたいおことば。微力ではございますが、かならず閣下のお役にたたせていただきます」

ジャスワントを退出させると、マヘーンドラは、将軍やら書記官やらをつぎつぎと呼びよせた。城壁の防備や、城内の治安や、地方の味方との連絡などについて、命令を出したり意見をきいたりする。そこへ、カリカーラ王の病室につめる侍従のひとりがあらわれ、マヘーンドラの耳に何かをささやいた。

世襲宰相《ペーシュワー》の重厚な顔に、かくしきれないおどろきの色が走った。

「なに、国王陛下が意識を回復なさったと!?」

ほんとうなら、よろこぶべきである。だが、マヘーンドラとしては、正直なところ、困惑せずにはいられなかった。

カリカーラ王が意識をうしなっている間に、シンドゥラ国はふたつに分裂してしまったのだ。いや、大部分の民衆には関係のないところで、王室が二派に分裂し、軍隊と役人があらそっているだけのことだが、そこへパルス軍までがしゃしゃりでて、火に油をそそいでまわっている。パルス軍がいなければ、ガーデーヴィ王子は完全にラジェンドラ王子をうち破って国内を平定していたであろう。そうなっていれば、カリカーラ王がめざめようと、昏睡のまま死に至ろうといまさら問題ではないのだが。

「すぐ陛下のご病室にまいる」

そう答えて小走りに歩きかけたマヘーンドラは、あることに気づいて足をとめた。国王が意識を回復したことは、しばらく秘密にしておくべきだった。秘密を独占することは、権力をにぎるための、だいじな条件である。

「このことは、わしの許可がないかぎり、口外してはならんぞ。もし命令を破れば、そのときは、覚悟しておくことだ」

「は、はい、世襲宰相《ペーシュワー》閣下、ご命令のままにいたしますが、ガーデーヴィ殿下には、もうお知らせいたしました。陛下ご自身がそう望まれましたので……」

それをとがめるわけにはいかなかった。他者への口外を、あらためて禁じると、マヘーンドラは王の病室へおもむいた。

カリカーラ王は、病床に横たわったままだったが、はっきりと目を開いて、長年の友人である世襲宰相《ペーシュワー》の姿を見やった。やせおとろえているのは、むりもなかったが、マヘーンドラがすこし話をすると、おどろくほど意識がはっきりしていることがわかった。侍医の指示で牛乳をあたためて卵をとかしこんだものを二杯飲むと、王は世襲宰相《ペーシュワー》に語りかけた。

「マヘーンドラ、わしが眠っておった間、世のなかは平穏であったかな？」

考えてみれば、のんきな質問である。だが、そうと口にするわけにもいかず、マヘーンドラは、うやうやしく一礼した。すばやく頭をはたらかせている。王が健在となれば、今後の事情は一変するだろう。

「じつは、陛下のご子息おふたかたの間に、多少のいさかいがございました。いえ、たいして深刻なものではございませんが……」

ことばを選びながら、そう話しはじめたとき、病室の外であわただしい足音がした。マヘーンドラは眉をしかめた。

彼の予想どおり、あらあらしく扉をひらいてとびこんできたのはガーデーヴィだった。

王子は、マヘーンドラや侍医を半ばつきとばすようにして、父王の病床にとりすがった。

「父上、父上、よくぞお元気になってくださいました。これにまさる喜びはありません」

「おお、ガーデーヴィか、そなたも元気で何よりじゃ」

カリカーラ王のやせた顔に、父親としての情愛がひろがった。ガーデーヴィがさしだす手を、弱々しくにぎりながら問いかける。

「ところで、ラジェンドラはどうした？　あいかわらず女と遊びまわってでもいるのか。

それとも、野生象を狩りにでも行っておるのか。こまったやつじゃ」

「そのことでございます。じつは父上……」

このときとばかり、ガーデーヴィは、病床の父親に、異母兄弟の悪口を吹きこんだ。王の健康を案じた侍医が、何度かさえぎろうとしたが、王は片手をあげてそれを制した。悪口の種がつきて、ガーデーヴィが沈黙すると、カリカーラ王はすっかり白くなったひげをゆらしてうなずいた。

「なるほどな、お前の話はよくわかった」

「では、父上、ラジェンドラのふとどき者めに誅罰《ちゅうばつ》をくわえていただけますな」

ガーデーヴィは目をかがやかせたが、王の返事はそう甘くなかった。

「じゃが、ラジェンドラの話も聞いてみねばなるまい。あやつにもあやつの言分があるじゃろうからな。罰するにしても、きちんと筋道をたててからでないと、不公平じゃろう」

「で、ですが、父上……」

思わずうろたえるガーデーヴィを、王は、じろりとながめやった。

「どうしたというのだ。お前が正しいのであれば、あわてる必要はあるまい。それとも、何かまずいことでもあるのか」

このあたりは、さすがに一国の王というべき態度であった。ガーデーヴィも、それ以上、反論しようがなかった。王はラジェンドラにあてて、病床で手紙を書きはじめた。しぶしぶ退出したガーデーヴィは、マヘーンドラと肩を並べて廊下を歩きながら、うめき声をもらした。

「マヘーンドラ、父上はようやくお目ざめになったとたんに、あのご酔狂。もしラジェンドラめの口車に乗って、やつを後継者になさったら一大事だぞ」

王子の両眼に危険な光がちらつくのを見て、マヘーンドラはたしなめた。

「ご心配いりませぬ、殿下。ラジェンドラのがわに一方的な正義があるわけではございません。父王陛下のおっしゃるとおりでございます。ガーデーヴィ殿下は何もご心配なさる必要はございません」

とにかく、ガーデーヴィとマヘーンドラは、いま不利な状況にある。いまラジェンドラが勝利の勢いに乗って国都へ押しよせれば、形勢はますます悪くなるであろう。この際、よみがえったカリカーラ王の権威を利用したほうがよさそうであった。

Ⅳ

カリカーラ王からの使者が、ラジェンドラの陣営にあらわれたのは二日後である。ラジエンドラも顔見知りの侍従で、王からラジェンドラにあてた手紙をたずさえていた。

「何だ、親父《おやじ》が意識を回復したって!?」

ラジェンドラにとっても、これは意外すぎるできごとであった。父親は死んだも同然、ただ墓にはいっていないだけ、と思いこんでいたのだから。

こいつは罠《わな》ではないか。自分の立場が不利であることをさとったガーデーヴィが、父王カリカーラ王の名を使って、ラジェンドラをおびきよせようとしているのではないか。うかつには信用できぬ。

そう疑ったが、手紙の文字は、たしかにカリカーラ王のものであった。

二日ほどの間に、あわただしく使者が往来した。ラジェンドラは、父王の前に出て弁明することになり、わずかの部下とともに国都ウライユールへむかって旅立った。

状況激変もいいところである。ナルサスでさえ予想できないことが、この世には、いくらでもおこりうるのだった。

ナルサスとしては、もともと戦いが長期化しては、好ましくないのだ。

パルス本国をあまり留守にしてはおけない。できれば春には後方を安定させて、ペシャワール城へもどり、対ルシタニア戦にのぞみたいところであった。問題は、シンドゥラ国都の攻防戦が長びくかもしれない点にあったのだが、ラジェンドラの才覚しだいで、べつの可能性が出てくるかもしれない。

国都にはいったラジェンドラは、王宮で父王に再会した。ひとしきり父王の健康回復に喜びのことばをのべた後、彼は猛然と兄弟を攻撃にかかった。

「父上、ガーデーヴィの讒言《ざんげん》などを、信じないでください。こいつめは、父親のご病臥《びょうが》をよいことに、マヘーンドラと組んで、ほしいままに国政を動かしているのです。そもそも、父上にあやしげな秘薬など飲ませたのも、ガーデーヴィのさしがねだと、私は信じております」

さんざん悪口をならべたてたが、その内容は、ガーデーヴィが言ったことと、ほとんど差はない。人名がちがうだけである。やがてガーデーヴィが呼ばれ、公開討論の形になったが、半日がかりでも結着がつかなかった。さすがに口が疲れてしまった王子たちを、ややなさけなさそうにながめやって、カリカーラ王が口をひらいた。

「わしは知恵にかぎりある身。あいあらそう実子ふたりのうち、どちらが正しいか、なさけないことに見当がつかぬ。ゆえに、裁断を神々におまかせするしかあるまい」

ガーデーヴィとラジェンドラは、にくみあうどうしであることも、一瞬わすれて、目と目を見かわした。

「神前決闘《アデイカラーニヤ》によって、わが後継者をさだめることとする」

玉座の左と右で、同時に、息をのむ気配がした。

神前決闘《アディカラーニャ》とは、あいあらそう二名が、武器をとって決闘し、その勝者を、神々の名において、正義と認める方式の、特殊な裁判である。

「血をわけた兄弟どうしが、直接に剣をふるって殺しあうのは、あまりに酸鼻《さんび》。代理人を立てることを、神々もお許しになるであろう。ガーデーヴィよ、ラジェンドラよ、そなたち、それぞれの知人や部下のうちから、自らの運命をゆだねるべき勇者を選べ。勝ったほうの主人が、シンドゥラの王となるのだ」

カリカーラ王の表情も声も、反論をゆるさない厳しさだった。ガーデーヴィも、ラジェンドラも、父の王者としての真の姿を見出したような気がした。

もっとも、あとでそのことをパルス軍が知らされたとき、ギーヴは、痛烈すぎる批判のことばをはきだした。

「シンドゥラの王さまは、よっぽど自分で責任をとるのがお嫌いらしいな。えらそうなことをいって、結局は神々に判断を押しつけておいでになる」

パルスの神につかえる立場にあるファランギースも、緑色の瞳に皮肉な光をたたえた。

「シンドゥラの神々が、どちらの野心家をひいきするか。敗れたほうがすなおに神々の意思にしたがうか。いずれにしても観物《みもの》じゃな」

彼らほど辛辣《しんらつ》ではないにしても、アルスラーンも、神前決闘《アディカラーニャ》という形式には疑問を感じた。つまるところ、強い者が勝ち、勝った者が正しい、ということになるわけで、それがほんとうの正義に結びつくとは思われない。その点をアルスラーンにただされて、ナルサスは答えた。

「殿下のおっしゃるとおりです。ですが、神前決闘《アディカラーニャ》には、りっぱな長所があります。このまま両軍が衝突すれば、どちらが勝つにしても、多くの死者が出るでしょう。ですが、神前決闘《アディカラーニャ》であれば、死ぬのは敗者のみ。たとえ相討ちになってもふたりが死ねばすみます。カリカーラ王としては、苦肉の決断でしょう」

うなずいたアルスラーンは、あたらしい疑問につきあたった。神前決闘《アディカラーニャ》がおこなわれるとなれば、ラジェンドラは誰を自分の代理人にたてるだろうか。

それを問われたナルサスは、黙々と長剣をみがいている友人を、左手の親指でさししめしてみせた。

「ラジェンドラが知るかぎり最強の勇者といえば、黒衣黒馬のパルス騎士でしょうな」

ナルサスの予言は的中した。ほどなく、ラジェンドラ王子がアルスラーンの本営をおとずれ、ダリューンを神前決闘《アディカラーニャ》におけるラジェンドラの代理人に、と、望んだのである。

「おれはダリューン卿に、シンドゥラ国とおれの命運をゆだねることにした。こころよく引きうけてもらえれば、ありがたい」

　ダリューンの返答は、ごく簡明だった。

「迷惑ですな」

　一瞬、鼻白んだラジェンドラは、挑発するように両眼を光らせた。

「まさか、ダリューン卿、決闘に勝つ自信がないというのではあるまいな」

「ご解釈は、お好きなように。私はアルスラーン殿下の臣下でござれば、殿下のご命令がないかぎり、どのようなご用も、お引きうけできぬ、ということでござる」

　アルスラーンに頭を下げて頼め、というのである。ラジェンドラとしては、いまさら選択の余地がなかった。十歳年下のアルスラーンに、おおげさに頭をさげて頼みこんだ。アルスラーンは、内心かるいためらいがあったが、これもいまさら拒否するわけにいかなかった。

　ダリューンは正式にラジェンドラの代理人となって神前決闘《アディカラーニャ》にのぞむことになった。

「なに、あの黒衣の騎士が、ラジェンドラめの代理をつとめると!?　あの者はパルス人だ。シンドゥラ国の運命を決めるのに、パルス人を使ったりしてよいものか」

　ガーデーヴィはいきりたったが、神前決闘《アディカラーニャ》の代理人に異国人をたててはならない、という規則はない。彼は、ダリューンを上まわる勇者を、ぜがひでも自分の代理にたてなくてはならなくなった。死物ぐるいで考えこんだあげく、ようやく彼は、ひとりの男の名を思いうかべてひざをたたいた。

「そ、そうだ。やつの鎖をとけ。バハードゥルの鎖をとくのだ。やつ以外に、ダリューンという男に勝てる者はいない。やつをおれの代理人にたてよう」

バハードゥルの名を聞いたとき、世襲宰相《ペーシュワー》マヘーンドラは、反対するように口を開きかけた。

だが、マヘーンドラとしても、ガーデーヴィにつぎのシンドゥラ王になってもらわなくてはならないのだった。バハードゥルを鎖から解き放つよう命令しつつ、内心で彼はつぶやいた。

「バハードゥル。あやつは人間ではなく野獣だが、この際あやつに、国と人との運命をゆだねなくてはなるまい。あさましいことだが、万やむをえぬ」

V

決闘の場は、国都の城門前広場にもうけられた。

パルス式に測定すれば、半径七ガズ（約七メートル）の円の内部である。円の周囲に溝が掘られ、そこには薪《たきぎ》が並べられ、油がかけられる。決闘がはじまれば、薪には火がつけられ、炎の環《わ》が決闘者の逃げ道をとざす。さらに、その環の内がわに、十本の太い杭が打ちこまれた。杭には、胡狼《ジャッカル》が鎖でつながれている。十四の胡狼《ジャッカル》は、二日にわたって餌をあたえられず、飢えきっていた。

火と胡狼《ジャッカル》と、二重の壁で、決闘者の逃亡をふせごうというのであった。

ダリューンは黒衣の姿を、死の円陣のただなかにたたずませている。長剣を杖《つえ》にして、決闘の相手があらわれるのを待っていた。

城壁上には、見物席がもうけられている。カリカーラ王のむかって左にガーデーヴィとその一党がすわり、右にラジェンドラとその味方が座していた。アルスラーンも、ナルサス、ギーヴ、ファランギース、エラム、アルフリード、それにバフマンと五十人の兵士をしたがえて、そこにすわっていた。パルス人たちを城内に入れるについては、またガーデーヴィの反対があったが、ラジェンドラの懇請《こんせい》を、カリカーラ王が認めたのである。ただ、パルス人たちの周囲が、シンドゥラ兵によってびっしりとかためられたのは、むりもないことだった。

やがてあらわれたバハードゥルの体格は、ダリューンの長身を縦と横に上まわった。まさしく巨人であった。身長は二ガズ（約二メートル）をこえ、褐色の肌の下に筋肉がもりあがっている。シンドゥラ風の武装をしているが、どこか、直立した獣人がむりに服を着せられているような感じがした。毛深い顔の奥で、黄色っぽい小さな目がぎらついている。ふたりの周囲では、鎖につながれた胡狼《ジャッカル》どもが、たけだけしい飢餓の咆哮をはなっている。ふたりの決闘者は、この胡狼《ジャッカル》の牙からも身を守らねばならないのだ。

冬の陽は、かたむきつつある。落日の下端が西の地平にふれると同時に、薪に火が放たれ、決闘が開始されるのだ。

バハードゥルの巨体を見たとき、アルスラーンの心に寒風が吹きこんだ。彼はダリューンの豪勇に絶対の信頼をよせていたが、バハードゥルを見ると、ダリューンに対して、あまりに危険な役目を押しつけてしまったように思われたのだ。彼は見物席から身を乗りだし、彼のたいせつな勇者に呼びかけた。

「ダリューン……！」

その声がとどいたか、ダリューンが城壁を振りあおいだ。アルスラーンと、彼の身辺を守る仲間たちをながめやり、おちつきはらって笑うと、一礼した。そして、バハードゥルにむきなおると、あらためて剣を杖にし、決闘開始の合図を待った。

城壁の一角で、シンドゥラ風の太鼓が鳴りひびいた。

落日の下端が、西の地平線にふれたのだ。

いよいよ決闘が開始されようとしていた。

ダリューンは、足もとに置いていた長方形の盾を持ちあげ、長大な剣をかまえなおした。シンドゥラ国の巨人バハードゥルは、盾を持たず、両手使いの巨大な戦斧《せんぷ》を立てている。その褐色の顔には、まったく表情らしいものが浮かんでいなかった。

アルスラーンは、なぜか、ぞっとした。ラジェンドラのほうを振りむいて問いかける。

「ラジェンドラどの、あのバハードゥルという男は、よほど強いのでしょうね」

「いやいや、ダリューン卿には、とうていおよばぬよ」

そう答えたものの、ラジェンドラの顔には、おだやかならぬ表情が浮かんでいた。アルスラーンは、視線を、やや遠くにむけた。彼の目がとらえたガーデーヴィの顔には、薄笑いがたたえられている。ガーデーヴィの顔が動き、アルスラーンと視線があった。優越感にみちた嘲笑《ちようしよう》が、ガーデーヴィの顔にゆっくりとひろがった。

アルスラーンの心に、不安と後悔が、脂のように滲《にじ》みはじめていた。肩の上の告死天使《アズライール》が、それを感じとったように小さく鳴いた。

ダリューンは、アルスラーンを「だいじなご主君」と呼んでくれた。アルスラーンにしてみれば、それは身にすぎた呼ばれかたである。ダリューンこそ、アルスラーンにとって、だいじな、ほんとうにだいじな部下ではないのか。ダリューンを、このような決闘に出したのは、まちがいではなかったのだろうか。

エラムが、小声でアルスラーンをはげました。

「ご心配いりません。ダリューンさまが負けるはずありません、殿下、あの方は地上でいちばんの勇者ですから」

エラムの左半面が、ふいに赤銅色《しゃくどういろ》にかがやいた。ようやく薪に火が放たれたのだ。はげしく爆《は》ぜる音をたてながら、火は環状の溝を燃えひろがり、赤銅色と黄金色の炎の囲いをつくりあげた。

マヘーンドラが自席から立ちあがった。

「これよりシンドゥラ次期国王位を賭《か》けて、神前決闘《アディカラーニヤ》をおこなう。この結果は、神聖にして不可侵なるものなれば、両者とも、異をとなえることあるべからず」

カリカーラ王が席から立てないので、マヘーンドラがその代理をつとめたのである。世襲宰相《ペーシュワー》の姿に、ラジェンドラは、皮肉と不信のまなざしをむけたが、口に出しては何も言わなかった。さすがに父王をはばかったのだ。

突然、バハードゥルが巨大な口をあけた。すさまじい咆哮が、その咽喉《のど》からほとばしった。

それは、十頭の胡狼《ジャッカル》の咆哮を圧して、見物席全体にとどろきわたった。人々も、胡狼ども、一瞬しずまりかえったほどである。

こだまが完全に消えさらないうちに、決闘がはじまっていた。バハードゥルの巨体が前進する。国の命運と、彼自身の生命とがかかっている決闘なのだが、そうとは思われないほどの無造作な前進である。

巨大な戦斧が、炎を反射させながら、ダリューンにおそいかかった。

ダリューンは、とびさがりながら、盾をあげてその一撃を受けた。左腕にしびれを感じながら、長剣を撃ちこむ。強烈な斬撃は、だが、戦斧ではらいのけられた。

バハードゥルの怪力は、想像を絶した。はらわれた瞬間、ダリューンはよろめいたのだ。長靴《ちょうか》を鳴らして踏みとどまった彼の目に、ふたたびおそいかかる戦斧が映った。攻撃は右からだった。剣をあげて、ダリューンはそれをはじきかえそうとした。

異様な金属音がひびきわたった。

ダリューンの長剣が折れたのだ。銀色の長い破片が宙を舞った。ダリューンの手もとには、掌《てのひら》の幅ほどしか、刃が残らなかった。見物席で、はっとして息をのむアルスラーンの目が、戦斧の第三撃をとらえた。

ダリューンの黒い冑がはねとんだ。ひびがはいった冑は、宙をとんで、炎の環のなかに舞いおちた。黒髪がむきだしになり、ダリューンの頭と顔は、無防備になった。

よろめくダリューンを、さらに戦斧がおそった。

おお、という声がシンドゥラ人たちの間からもれる。

パルス人の見物席で、アルフリードが小さく悲鳴をあげた。アルスラーンは声も出ない。晴れわたった夜空の色の瞳を大きく見ひらいて、死闘を見つめるだけだ。

ダリューンが盾をふりあげた。

戦斧が、盾の縁をうちくだき、ダリューンの肩を撃つ。だが、すでに勢いをそがれていたので、打撃は軽かった。ダリューンは、その一撃を受け流すとともに、一転してはねおき、体勢をくずしかけたバハードゥルの横顔に盾をたたきつけた。

頰骨がくだけるほどの打撃だった。だが、バハードゥルは泳ぐ足を踏みしめ、ダリューンの胴めがけて戦斧をなぎこんだ。

ダリューンが、とびさがって、その一撃に空《くう》を切らせる。同時に、折れた剣を突きだした。短くなった刃が、バハードゥルの腕をかすめ、血を飛散させた。剣が折れていなかったら、バハードゥルの片腕は斬り落とされていたにちがいない。

バハードゥルは、ひと声ほえると、頭上で戦斧を振りまわし、ダリューンの頸部めがけてたたきこんだ。

それを防いだ盾が、とどろくような音をたてて、まっぷたつに割《さ》ける。半分になった盾の、せまい側面の部分で、ダリューンが、バハードゥルの鼻柱をなぐりつけた。バハードゥルは半歩だけ後退した。その脚に、鎖をのばしきった胡狼《ジャッカル》の一頭が牙をたてた。バハードゥルは、胡狼にかみつかせたまま脚をあげると、左手で胡狼の上あごをつかみ、無造作に持ちあげた。

つぎの瞬間、胡狼《ジャッカル》の頭部は、上下に引き裂かれていた。

血と粘液がとびちり、バハードゥルの左手には、血と肉のかたまりとなった胡狼《ジャッカル》の死体が残された。見物席から、恐怖のうめき声がおこる。

胡狼《ジャッカル》の血と粘液をあびて、バハードゥルは哄笑《こうしょう》すると、死体を放りだした。それは、仲間の胡狼《ジャッカル》たちの前に落ちた。たちまち、共食いがはじまり、骨をかみくだく音が不気味にひびいた。

「あれは人間ではないな。二本足で立っているが、人間とは思えん」

ギーヴがうめくと、ファランギースが、われしらず、白い額の汗を指先でぬぐった。

「人の皮をかぶった獣はどこにでもいるが、あれはまさしく猛獣じゃ。ダリューン卿は、人間相手なら負けるはずもないが……」

そこで口を閉ざしたのは、アルスラーンの胸中を思いやったからであろう。アルスラーンは呼吸が苦しくなっていた。あえぐ彼の背を、ファランギースがなでた。

「バハードゥル、やれ！　パルス人を八つ裂きにするのだ。その胡狼《ジャッカル》のようにな」

ガーデーヴィが、巨人をあおりたてた。熱っぽい残忍なかがやきが両眼にある。ラジェンドラが舌打ちし、どうにかならぬか、と言いたげに、ナルサスを見やった。

むろん、ナルサスにも、どうしようもない。それどころか、一国に冠絶する智者と称されるこの男が、アルスラーンと似たりよったりのありさまで、青ざめて、ただ死闘を見守っている。彼を力づけるように、アルフリードが手をにぎっているが、それにも気づかないかのようだ。気づいたのはエラムで、わずかに眉をあげると、腹だたしそうにせきばらいした。

わっ、と、見物人たちが、またもどよめいた。ダリューンが豪胆にもバハードゥルの手もとに躍りこみ、折れた剣を、ふたたびふるったのである。短剣《アキナケス》よりも短くなった刃は、バハードゥルの横面にくいこみ、骨にとどいて、亀裂をつくった。血が噴きあがった。パルス人の席を中心に、歓声があがったが、すぐそれは驚愕のうめきに変わった。

「ばかな！　なぜ倒れない!?」

異口同音に、ファランギースとギーヴが叫んだ。あれほどの傷をこうむれば、倒れるか、でなくとも激痛のために動作が極度に鈍くなるはずである。だが、バハードゥルは、小うるさげに巨体をゆすっただけであった。すると、折れた剣はダリューンの手から飛んで、彼の手のとどかない場所に落ちた。

　ダリューンは飛びすさった。さすがに、おどろかずにいられなかった。彼も、バハードゥルが、落雷を受けた巨木のように倒れるのを予測したのである。だが、予測ははずれた。バハードゥルの、すさまじい反撃は、ダリューンの胴をおそい、すさまじい擦過音《さつか》をたて、胸甲《きようこう》にひびをいれた。彼はかろうじて第二撃をかわし、後退した。その瞬間に、鎖につながれた胡狼《ジヤツカル》の一頭が、戦士の長靴にかみついた。ダリューンは半身をひねり、胡狼の顔に手刀をたたきこんだ。胡狼の両眼がとびだし、牙がはなれ、胡狼は地にのたうつ。仲間たちが、その身体にくらいつき、餓《う》えをみたしはじめた。

　胡狼どもの共食いに目もくれず、バハードゥルは戦斧をふりあげ、ふりおろした。巨大な兇器が、ダリューンの長身を風圧でたたき、大地にくいこむ。その一瞬の間に、ダリューンは身をひるがえして、決闘場の中心へのがれた。豪胆な黒衣の騎士の顔から汗がしたたっている。

　見物席で、アルスラーンの強い視線をうけたラジェンドラが、かくしきれぬと悟ったのであろう、半ば口ごもるように、はじめて打ちあけた。

「バハードゥルは常人ではない。あの男は、鮫《さめ》とおなじだ。痛みを感じるということがないのだ。だから、どれほどの傷を受けようとも、死ぬまで戦う。相手を殺そうとする」

晴れわたった夜空の色の瞳が、アルスラーンの顔のなかで燃えあがった。彼はふいに席から立ちあがると、ラジェンドラをにらみつけた。

「あなたは……あなたはそれを知っていて、ダリューンを神前決闘《アディカラーニャ》の代理人に選んだのか。ダリューンにあんな怪物の相手をさせたのか」

「おちつけ、アルスラーンどの」

「おちついてなどいられない！」

アルスラーンは叫び、剣の柄に手をかけて、ラジェンドラの両眼を見すえた。

「もしダリューンがあの怪物に殺されでもしたら、パルスの神々に誓って、あの怪物と、あなたとの首を、ならべてここの城門にかけてやる。誓ってそうしてやるからな」

生まれてはじめて、アルスラーンは他人を脅迫した。ラジェンドラは、たじたじとなって、とっさに反論もできなかった。腰を浮かせかけたのは、応戦するためではない。

「おちつきなされ、パルスのお客人」

病人とも思えぬ、きびしく、力づよい声で、カリカーラ王がパルス人の少年を制した。

「ガーデーヴィが神前決闘《アディカラーニャ》の代理人を選んだのは、ラジェンドラより後のことじゃ。お客人の部下は無双の勇者とか。勝てる者はおらぬか、考えあぐねての人選であろう。それほど敵から恐れられる部下を、ご主君は信じておやりなされ」

アルスラーンは沈黙し、さっと頬を赤らめて一礼すると、腰をおろした。それを薄笑いでながめやったガーデーヴィが、父王にささやきかけた。

「父上、パルスの王太子などといいながら、あのとりみだしよう、みぐるしいことでございますな」

「ガーデーヴィよ」

カリカーラ王の声と表情は、薄闇のなかで沈痛にしずんだ。

「もしそなたが、あのパルスの王子にくらべて、せめて半分でよい、部下をだいじに思う人間であったら、わしはそなたをとっくに王太子にさだめていたであろう。王はひとりでは王でありえぬ。部下あっての王じゃ」

「こころえております、父上」

「……だとよいのだがな」

疲れたように、カリカーラ王は口をとざし、炎の環に視線をむけなおした。むろん、決闘はまだつづいていたのである。

つねの決闘であるなら、バハードゥルはとっくに敗れて死に、ダリューンは凱歌《がいか》をあげているはずであった。だが、いま、長剣も盾も失ったダリューンは、バハードゥルの、衰えを知らぬ斬撃を、ただかわすだけである。

ナルサスが、大きく息をはきだして、すわりなおした。アルスラーンとカリカーラ王の発言で、彼も、いつもの知性を回復させたようだった。さりげなく、両手をひいて、解放された腕を胸の前で組む。

低いつぶやきが彼の口もとにただよった。

「そろそろ終りだな」

彼の目には、ダリューンの優勢が、はっきり見えたのである。彼の目に、だけであったろう。バハードゥルの、獣的な腕力と生命力の前に、ダリューンはなす術《すべ》がないように、他の人々には見えた。ガーデーヴィは余裕たっぷりの表情だった。ラジェンドラはふてくされたように、半ばそっぽをむいていた。

ダリューンは、片手でマントの紐をほどいた。左手にしたマントを、後方へ振って、炎の環にかざす。マントに火が燃えうつり、たちまち燃えあがった。

炎の薄い板と化したマントを、ダリューンは、バハードゥルの上半身にたたきつけた。マントは巨人の上半身に巻きつき、燃えあがる炎で彼をつつみこんだ。

咆哮があがった。バハードゥルは、マントをつかみ、投げすてたが、そのときすでに彼のターバンにも、服にも、火が燃えうつっていた。

上半身を、炎そのものにして、なおバハードゥルは戦斧をふりかざし、ダリューンにおそいかかろうとした。

そのとき、はじめてダリューンの右手に、短剣《アキナケス》がひらめいた。

皆、忘れていたのだ。ダリューンが長剣の他に短剣《アキナケス》を持っていたということを。ダリューンが折られた剣に固執しているように見えたからである。むろん、ダリューンは、そう見せかけていたのだ。

そして、ダリューンが、完璧に時機と状況を計算して短剣《アキナケス》を一閃させた瞬間、勝敗は決した。

バハードゥルの首は、半ば切断されていた。噴水のように、黒っぽい血がほとばしって、彼の足もとに小さな池をつくりはじめる。巨大な、表情のない頭は、炎につつまれてぐらぐらゆれていた。まるで、どちらの方角へ倒れるか、迷っているように見えた。

その首が、前方へかたむくと、首の重さに引きずられるように、巨体も前のめりに倒れた。地ひびきがたち、バハードゥルは、炎の環の中心に倒れ伏した。

数瞬の間、沈黙が周囲をつつんで、声を出す者もいない。

ダリューンは、上半身全体を使って大きく呼吸すると、見物席を見わたし、アルスラーンにむけて深く一礼した。静寂がやぶれ、見物席から熱狂的な拍手と歓声がわきおこる。

アルスラーンも例外ではなかった。席から立ちあがり、手が痛くなるほど強く拍手しながら、夢中でダリューンの名をたたえた。

「ダリューンの勝ち。すなわちラジェンドラの勝ちじゃ。シヴァ、インドラ、アグニ、ヴァルナ……あらゆる神々も照覧あれ。つぎのシンドゥラ国王は、ラジェンドラにさだまった」

薄闇のなかで、カリカーラ王がそう宣言すると、そのことばは波のように周囲につたわっていった。「ラジェンドラ！　あたらしき国王《ラージヤ》！」という叫びもおこった。

そのときである。

「認めんぞ。認めるものか！」

ガーデーヴィが立ちあがっていた。両眼が溶岩のようにぎらつく光を満たし、声は大きいが、ひびわれていた。全身が、風にゆれる木のようにわなないている。

「こんな不当な裁きに、誰がしたがうものか。くりかえして言う。おれは認めぬぞ」

ラジェンドラもまた立ちあがった。こちらは、別種の興奮でふるえている。

「ガーデーヴィ、不信心者よ、神々の裁きに対して異を唱《とな》えるのか」

「神々がまちがっている！」

罰あたりな台詞《せりふ》をガーデーヴィがわめくのを耳にして、シンドゥラ人たちは騒然となった。ギーヴが、冷笑してつぶやいた。

「あの王子さま、いまごろ気づいたらしい。神々はいつだってまちがうし、まちがった結果を人間に押しつけるものさ」

シンドゥラ人たちは、あるいは立ちあがり、あるいはすわったまま天をあおいだ。世襲宰相《ペーシュワー》マヘーンドラが、娘の夫をきびしくたしなめた。

「ガーデーヴィ殿下、神前決闘《アディカラーニャ》の結果に異議をとなえるとは、あってはならぬことですぞ。ましてこれは勅命によるものではございませぬか」

「だまれ！」

ガーデーヴィはわめいた。

「きさま、寝返ったな。おおかたラジェンドラの犬めと裏で取引したのだろう。世襲宰相《ペーシュワー》の地位が、それほど惜《お》しかったか」

「殿下、何をおっしゃいます。国王《ラージャ》陛下の御前ですぞ」

「やかましい、もはやきさまなど頼りにせぬ。シンドゥラの王位は、おれのものだ」

ガーデーヴィの眼光は、すさまじいほど強烈だったが、すでに理性を失っていた。父王をにらむ目から、鮮血がほとばしるかと思われた。

「父上、私に王位をお譲りください、この剣にかけて」

「ガーデーヴィ、きさま、血迷ったか」

ラジェンドラが叫んだ。その声には、わずかながら勝利を喜ぶひびきがあった。公衆の面前で、ガーデーヴィが逆上し、自分からむほん人になりさがったのだ。

「ものども、ラジェンドラを殺せ！」

「父上をお助けしろ。ガーデーヴィを討て！」

たちまち、決闘場をかこむ見物席は、すさまじい混乱と怒号《どごう》につつまれていた。カリカーラ王の周囲で、剣と剣が撃ちかわされ、火花をはねあげた。二人の王子は、父王の身柄をはげしく争奪していた。子としての愛情のためでなく、王位を正当化するためであった。

「殿下、まきこまれてはなりませぬ、こちらへおいでください」

ナルサスが先に立ち、ファランギースとギーヴが左右を守って、アルスラーンを混乱の渦の外へみちびいた。背後をバフマンがかため、頭上には、告死天使《アズライール》が羽をひろげる。パルス王太子の一行は、混乱をさけて見物席の外に出ようとした。

それをシンドゥラ兵の群がさえぎる。むろん、ガーデーヴィに味方する者たちだった。刀と槍が殺到する。アルスラーンの周囲で白刃がきらめいた。ナルサスが、ギーヴが、ファランギースが、一閃ごとに血しぶきをはねあげて道をひらく。

後方からも、シンドゥラ兵の刃がせまってきた。

「アルスラーン殿下、お逃げくだされ」

言い終えるより早く、バフマンは剣を鞘ばしらせ、躍りかかるシンドゥラ兵を、血煙のもとに斬り倒した。

さすがに、強兵を誇ったパルスの万騎長《マルズバーン》である。六十歳をこえても、きたえぬいた剣技は、さほどおとろえていなかった。だが、彼がさらに二名の敵を斬りすてたとき、ガーデーヴィが槍をかまえ、老万騎長めがけて、ななめから投げつけた。

槍はうなりを生じて飛び、バフマンの、左肩と胸の接続する部分に、ぐさりと突きたった。みじかいうめき声をあげて、バフマンはくずれおちた。

「バフマン！」

叫んで駆けよろうとするアルスラーンに、ガーデーヴィがあたらしい槍を投げつけようとする。そのとき、シンドゥラ兵の群が、どっと崩れた。鎮火しつつある炎の環をとびこえ、シンドゥラ兵から剣を奪ったダリューンが、見物席へ駆けあがってきたのだ。

ダリューンの剣は、うなりを生じて、周囲の敵兵をなぎはらった。

血煙と絶鳴が、暮れなずむ空へ噴きあがり、シンドゥラ兵たちは、なだれをうってダリューンの剣から逃がれた。ダリューンの豪勇は、たったいま、心の底から思い知らされたところである。あえて彼の前に立ちはだかり、勇をきそおうとする者はいなかった。

「戦士《マルダーン》のなかの戦士《フ・マルダーン》」

とたたえられるダリューンは、異国の兵士から、あたらしい異名《いみょう》を受けたわけである。

「猛虎将軍《ショラ・セーナニー》！」

恐怖と畏敬《いけい》の叫びが、シンドゥラ兵の間からおこった。パルスで
失意と怒りに目をくらませながら、ガーデーヴィが槍をかまえなおした。その前に、マヘーンドラが両手をひろげて立ちはだかった。制止の声をあげたが、ガーデーヴィは、すでに分別をなくしている。槍の穂先が前進して、マヘーンドラの胴体を串ざしにしたのは、つぎの瞬間であった。

ファランギースの弓弦《ゆんづる》が、高く澄んだ音をかなでた。暮れなずむ空を矢の軌跡が切りさく。ガーデーヴィの右腕を、矢が突きぬけた。彼は槍から手を離し、左手で矢を引きぬくと、身をひるがえした。ファランギースは第二矢をつがえたが、ガーデーヴィの姿は、もつれあう人々のなかに消えさった。

「ガーデーヴィは、神意と勅命とに、ともにそむいた。やつにしたがう者は、大逆罪の共犯となるぞ。武器を放棄して、法と正義にしたがえ！」

父王の身柄をようやく確保して、ラジェンドラがどなった。それをきっかけとして、混乱もおさまる方向へむかった。ガーデーヴィの部下たちは、剣をすて、ひざまずき、カリカーラ王にむかって頭をたれた。

マヘーンドラは死に瀕《ひん》していた。義理の息子に、槍で突き刺されたのだ。即死しなかったのが不思議なほどの重傷だった。けんめいに介抱《かいほう》するジャスワントに、苦しい息の下から彼はささやいた。

「……悲しむな、ジャスワント。わしは死ぬが、惜しむべき必要はない。わしはつかえる主君をあやまり、婿を選ぶのもまちがった。愚《おろ》か者にふさわしい最期をとげるだけだ。ジャスワントよ、お前には何もむくいてやれなかったが……」

ことばがとぎれ、マヘーンドラは死んだ。

ジャスワントは、いちばん聞きたいと思っていたことばを聞くことができなかった。彼は父親の顔を知らない。あるいはマヘーンドラが実の父親かもしれないと思うことがあった。だが、マヘーンドラの死で、彼は永久に答えをえられないことになった。

パルスの万騎長《マルズバーン》バフマンもまた死に瀕していた。ガーデーヴィの投じた槍は、彼の内臓部に深く達していたのだ。他の点はともかく、ガーデーヴィはどうやら槍術にすぐれていたらしい。

「……アルスラーン殿下、よき国王《シャーオ》におなりくだされ」

それだけを口にすると、バフマンは血泡《ちあわ》を噴いて意識を失った。肺を傷つけられたのだった。

医術にも心得のあるナルサスが、ほどこす術のないことを報告したとき、アルスラーンはややとりみだした。彼は両手で老万騎長の肩をかかえ、力をこめてゆさぶった。

「バフマン、教えてくれ。死ぬ前に教えてくれ。私は何者だ？　私はいったい誰なのだ」

アルスラーンの近臣たちは、無言で視線をかわした。バフマンは、王子の目を見返したが、口からは一語ももれてこなかった。

アルスラーンの冑が一瞬きらめいた。落日の最後の余光が反射したのだ。それを映したバフマンの瞳は、すでに焦点を失っていた。

第四章　ふたたび河をこえて

I

混乱は完全におさまったわけではなかったが、シンドゥラ国の針路は、どうやらさだまったようであった。

次期国王《ラージャ》は、ラジェンドラ王子。競争者たるガーデーヴィは、いまや神前決闘《アディカラーニヤ》の判定にそむき、義父マヘーンドラを殺害した重罪人として追われる身である。

シンドゥラの国都ウライユールにいた貴族や官吏たちは、つぎつぎとラジェンドラに忠誠を誓った。なおガーデーヴィに味方しようとする者は、国都を脱出して辺境へ走ったが、彼らは今後、「叛乱軍《はんらんぐん》」と呼ばれることになるだろう。いま、シンドゥラ国内ではラジェンドラこそが正義だった。

国王カリカーラ二世は、心の衝撃からふたたび病床につき、しかも急速に衰弱した。ある日、彼はラジェンドラを病室に呼んで頼んだ。

「ガーデーヴィを追わずにやってくれぬか、ラジェンドラ」

「お気持はわかります、父上。ですが、あやつは神前決闘《アディカラーニャ》の結果を無視し、神々の裁きにも父上のご意思にもそむきました。しかも、わが国の世襲宰相《ペーシュワー》であり、あやつ自身の義父でもあるマヘーンドラを殺害したのです。私よりも、法と正義とが、ガーデーヴィをゆるしますまい」

強気に言い放ったラジェンドラだが、衰弱した父王から、すがるような目をむけられると、冷たく突きはなすことはできない。にがい表情で考えこんだあげく、いくつかのことを約束した。

ガーデーヴィに自首を呼びかけること。彼が自首してくれれば、生命をとらず、どこかの寺院にあずけること。ガーデーヴィに加担した地方の豪族たちも、帰順してくれれば、罪を赦《ゆる》すこと。復讐よりもシンドゥラ国内の再統一に力をそそぐこと……。

ラジェンドラの約束で、カリカーラ王は安心したようであった。あやしげな薬物の乱用で、その肉体はそこなわれ、回復することは不可能だったが、死の床で、国王《ラージャ》としての責務をはたそうとした。ラジェンドラに王位を譲るという証文を書き、ガーデーヴィに自首をすすめる親書を書き、功臣マヘーンドラの死をいたむ追悼文を書いた。

これらのことが一段落すると、カリカーラ王は昏睡におちた。力つきたようであった。

夜が明けはなたれる直前、シンドゥラ国王カリカーラ二世は息をひきとった。

異国の王とはいえ、カリカーラ二世の死はアルスラーンの胸をうった。

一時は、あやしげな薬物におぼれたとしても、死ぬ直前には、一国の王として、また王子たちの父親として、りっぱに責務をはたした。ことに、父親として、ガーデーヴィとラジェンドラに対してしめした態度を、りっぱだと思った。自分自身と、父王アンドラゴラスとの関係を、アルスラーンは考えずにいられなかった。

父を失ったラジェンドラは、幼児のように声をあげて泣き悲しんだ。遺体にとりすがり、涙で服の胸を重くぬらし、これから自分は誰をたよればいいのかと、かきくどいた。

「そら涙にしても、よくまあ、あれだけはでに泣くことができるものだ」

ダリューンがあきれていると、軍師のナルサスが皮肉っぽくその意見を訂正した。

「いや、あれはそら涙ではないな」

「すると、白馬の王子さまは、本気で悲しんでいると？」

「それともすこしちがう。あの王子は、自分が父の死を悲しんでいる、と、心から思いこんでいるのだ。だから、涙などいくらでも出ようというものさ」

ナルサスは、ラジェンドラの性格の特異さを、完全に見ぬいている。自分自身をだますほどの、ラジェンドラは演技者なのだ、と。

ところで、パルス軍も、葬礼をおこなわなくてはならない。万騎長《マルズバーン》バフマンが死んだのである。アルスラーンにとっては、確実に生存する万騎長は、ダリューンとキシュワードのふたりだけになった。あと幾人の万騎長《マルズバーン》が、亡国の危機をきりぬけて健在であるのか、アルスラーンは知るよしもない。

バフマンは死んでも、彼がひきいていた一万騎は残っている。シンドゥラ遠征をおこなったパルス軍が、いかに強く、いかにたくみに戦ったか。激戦をかさねてきたにもかかわらず、パルス軍の戦死者は二百名に達しなかったのである。

「バフマンどのの手腕は、おみごとでござった。さすが万騎長中の最長老」

生前のバフマンを、けっしてこころよく思っていなかったナルサスも、すなおにそれを認めた。

ただ、バフマンが死場所をえたとしても、生き残った者には、べつの課題がある。バフマンがひきいていた一万のパルス騎兵には、指揮官が必要であった。それにふさわしい者はダリューンしかいない、と、アルスラーンは思った。

「ダリューン卿であれば、われらが指揮官としてあおぐにたりる御仁。故人にも異存はございますまい。まして王太子殿下がそれをお望みであれば、何の否やがございましょうか」

認めた。

バフマンの麾下《きか》にいた千騎長たちはそう言い、ダリューンが自分たちの上に立つことを認めた。

アルスラーンは、ラジェンドラに頼んで、国都ウライユールにほど近い丘をひとつ譲りうけた。そこをバフマンはじめ戦死したパルス将兵の墓地にしたのである。彼らの遺体は、丘の西斜面に埋葬された。西は、死者たちの故国パルスにむかう方角である。

異郷ということもあり、葬儀は質素なものではあったが、王太子アルスラーンが自ら臨席した。葬儀をとりしきったのは、女神官《カーヒーナ》としてその資格をもつファランギースであった。

葬儀がすむと、ダリューンは、王太子アルスラーンから、バフマンのひきいていた一万騎の指揮を受けつぐよう正式に命令された。

「猛虎将軍《ショラ・セーナニー》、今後ともお見すてなく」

「からかうな、ナルサス」

苦笑したダリューンは、すぐに表情をあらためた。

「しかし、バフマンどのは、ついに、伯父の密書について打ちあけずに逝《い》ってしまったな。アルスラーン殿下のお悩みは、中途半端のままか」

「そう、中途半端のままだ、ダリューン……」

ナルサスでさえも、明快な答えを出せない問題というものはあるのだ。アルスラーンの出生の秘密は、まさにそれであった。

バフマンが死を求めていることを予測しながら、死の直前に、告白をえることができなかった。ナルサスにとってはにがい失敗だったが、それも心の隅に、秘密をあばきたてることに対するためらいがあったからである。

シンドゥラ国内を行軍する間、ナルサスは、アルスラーンの出生について、ギーヴの意見を聞く機会があった。

「どうでもいいね、おれは」

しなやかな指先で、竪琴《バルバド》の弦をかき鳴らすと、「旅の楽士」と自称するギーヴは、紺色の目に、したたかな光をたたえて、歌うように彼の心を語ったのだ。

「いや、むしろあの王子さまが、正統の血なんぞひいていないほうが、おもしろい。おれはアルスラーン殿下のために、何かしてさしあげたいとは思うが、パルスの王家に忠誠を誓う気なんかない。王家が、おれにいったい何をしてくれたというんだ？」

アルスラーン個人はといえば、これはたしかに、ギーヴのために「何か」をしてくれた。アルスラーンのそばにいれば、いろいろとおもしろいことが経験できるのだ。

「なるほど、ギーヴの気持はわかる」

と、ナルサスは思う。彼自身にも、そういう気分があるのだ。アルスラーンがパルス王家の血を引いていないとしても、何が悪いのか。アンドラゴラス三世が、アルスラーンを王太子として正式に冊立《さくりつ》したのは、事実なのである。

ふと、ナルサスは、行方不明のアンドラゴラスのことを考えた。

アンドラゴラス三世は、王者としては欠点も多かったが、無能でも臆病でもなかった。ナルサスが彼の長所として認めるのは、迷信を信じなかったことである。

即位してまもなく、王宮内外の人事をあらためたとき、アンドラゴラスのもとに、ひとりの占星術師があらわれた。ゴタルゼス王やオスロエス王にとりいって、しばしば金品をせびりとっていた男である。彼はアンドラゴラスに対しても、つぎのようにへつらってみせた。

「占星術によれば、陛下はまことにご長寿の相。すくなくとも九十歳までは、ご寿命をたもたれましょう。パルスの民として、まこと、重畳《ちょうじょう》に存じます」

「ふむ、それでお前自身は、あと何年ほど生きられるのか」

「私は神々のご加護により、百二十年の長寿をたもつことになっております」

「ほう、お前はまだ若く見えるが、すでに百二十歳になっていたのか。人は見かけによらぬものだな」

そう嘲笑すると、アンドラゴラスはにわかに大剣の鞘をはらい、占星術師の首をはねとばしてしまった。

「さすが、豪毅《ごうき》の国王《シャーオ》よ。あやしげな占星術師など相手になさらぬ」

人々は賞賛した。先々王ゴタルゼス二世、先王オスロエス五世と、パルスの国王《シャーオ》は二代つづけて迷信深い人だった。魔道士だの占星術師だの予言者だのが宮廷に出入りし、心ある人々は、眉をひそめていたのだ。それを、豪毅なアンドラゴラスが、文字どおり一刀両断にあらためてしまったのである。

アンドラゴラスの即位後、王宮から、その種の者どもは一掃されてしまった。そのため、魔道士や予言者のなかで、アンドラゴラスを憎む者も多かったが、アンドラゴラスは平然としていたのだ。

そのような強さが、アルスラーンにあるかどうか。それはこれから先、いくつかの試練によって明らかになることであるようだった。


「ガーデーヴィめ、天空の彼方《かなた》に飛びさったか、地の底にもぐったか。どうあっても、やつをさがしだし、処断せぬことには、安心できぬわ」

亡くなった父王の国葬の準備をすすめながら、ラジェンドラは、ガーデーヴィの追及をつづけていた。

父王と約束はしたが、ばか正直にそれを守る気は、ラジェンドラにはない。彼は国都ウライユールを手に入れたが、地方にはガーデーヴィに味方する豪族たちが、なお数多くいる。彼らのもとにガーデーヴィが逃げこめば、形勢はさらに逆転するかもしれないのだ。追及の手をゆるめるわけにはいかなかった。

ガーデーヴィを完全に滅ぼす。ラジェンドラ自身が国王《ラージャ》として即位する。彼にさからう強大な豪族たちを征討する。四方の国境を安定させる。はなやかに戴冠式《たいかんしき》をおこない、王妃をむかえるのは、それからのことだ。どうみても、二、三年はかかるだろう。

その間、押しかけ援軍のパルス人どもを、いつづけさせるわけにもいかない。さまざまに悩みがある。横着なラジェンドラも、明るい未来の展望を楽しんでばかりもいられなかった。

いっぽう未来の展望などまったくない人物もいる。

マヘーンドラの一族であったジャスワントは、ガーデーヴィの一味として囚われていたが、アルスラーンの口ききで釈放された。型どおり礼をのべる彼に、パルスの王太子は心配そうな瞳をむけた。

「ジャスワント、これからどうするつもりなのだ」

「さて、どういたしましょうか」

ジャスワントがつかえるべきガーデーヴィ王子は、自滅同然である。実の父親ではないか、と思っていたマヘーンドラは、そのガーデーヴィに殺された。カリカーラ王も亡くなった。ただひとり生き残って勝者となったラジェンドラには、つかえる気がしない。ラジェンドラのほうでも、マヘーンドラの間者として、自分の軍に潜入していたジャスワントを、部下にしようとはしなかった。ジャスワントは、シンドゥラ国内に、身のおきどころがなくなってしまった。

「では、ジャスワント、私についてパルスに来ないか」

アルスラーンのことばに、ジャスワントはおどろいて、すぐには反応できなかった。動転する彼の顔を見やりつつ、アルスラーンは語りつづけた。

「私も、自分が誰の子であるか知らないのだ。父上と母上との子だと思っていたけど、どうやらそうではないらしい。ひょっとしたら、私はパルスの王子なんてえらい身分ではないのかもしれない」

ジャスワントは、呆然《ぼうぜん》として、アルスラーンの話に聞きいっていた。

「だから私は、ダリューンとか、ナルサスとか、他の者たちの力を借りて、パルスを回復したあと、自分が誰であるか、それをたしかめなくてはならないだろう。ジャスワントがよければ、私といっしょに来てほしい」

でもきっと苦労をかけるだろうな、だからむりにとはいえないが、考えておいてくれぬか、と、アルスラーンは、きまじめな表情である。

「いまご返事はいたしかねます。優柔不断とお思いでしょうが、心の整理ができませぬので……」

「うん、ゆっくり考えるといい」

アルスラーンは立ち去ったが、去るまぎわの笑顔が、ジャスワントの印象に残った。

アルスラーンの癖として、誰かを麾下に招くとき、頭ごなしに命令はせず、対等の立場で、頼んだり、すすめたりする。それを意識せず、ごく自然におこなう点は、あきらかにアルスラーンの長所だった。かつてナルサスがヒルメスに言明したように。

パルス軍は、すぐにでも帰国できるよう準備をすすめていた。

もともと異国に長くいるつもりはない。ラジェンドラがよけいな気をまわす必要もないことだった。パルス軍の目的は、ほぼ達成されているのだし、パルス国内の事情も、むろん気になる。

「ここまで形勢がさだまれば、あえてガーデーヴィの死を見ずに、われらがパルスへ帰国しても、さほど問題はございますまい。殿下のご命令があれば、いつでも出発できます」

そうは言ったが、ナルサスとしては、いまひとつ、東方国境の安定をたしかなものにしておきたい。彼は親友のダリューンに、つぎのように語った。

「ガーデーヴィが完全に破滅すれば、ラジェンドラが、かくしておいた牙をむく。じつはそれを待っているのだが、さて、どうなるかな……」

世襲宰相《ペーシュワー》マヘーンドラの娘サリーマ。彼女はガーデーヴィの妻であり、夫が国王になれば、当然、王妃となる身であった。だが、好運は彼女の頭上をとびこしていってしまった。現在、彼女は王宮内の自室に軟禁状態にある。ラジェンドラも、かつて彼女に求婚した身であるし、婦人を虐待して人気をおとすつもりもなかった。ゆえに、サリーマは、軟禁されているとはいっても、その生活には何ら不自由はなかった。

ひとつには、サリーマがガーデーヴィとひそかに連絡をとれば、その糸をたぐって、ガーデーヴィのかくれ場所がわかる。そういう思惑がラジェンドラにあったからである。

したがって、サリーマには、ひそかに監視の目がついたのだが、五日ほどの間、彼女はどこへも行こうとせず、自室にこもったままだった。ただ一か所の例外をのぞいて。

彼女の自室に近く、小さな塔がある。そこは彼女が先祖たちの霊に礼拝する場所になっていた。だから、一日一度は、彼女はそこをおとずれ、誰も近よせず、ひとりで礼拝の時をすごしていた。

ラジェンドラは、いちおう塔の内部と、屋根の上を捜索させたのだが、何も見あたらなかったので、警備の兵もおいていなかった。

だが何と、ガーデーヴィは、塔の内部に大きな籠《かご》をつるし、そのなかに身を隠していたのだった。塔の上部は、梁《はり》がいりくんで、下からは見えなかったのだ。食物は、サリーマが運んでいたのだが、あるとき彼女は夫に手わたすサトウキビの酒に、眠り薬をまぜたのである。

ガーデーヴィが眠りこむのを確認すると、サリーマは、侍女に何ごとかを命じた。侍女は出かけていって、ラジェンドラの部下であるクンタヴァー将軍をつれてきた。

目がさめたとき、ガーデーヴィは籠からおろされ、両腕を後ろにまわして、厳重にしばりあげられていた。いくら槍術の名手でも、これではどうにもならない。妻にむかってどなることしかできなかった。

「サリーマ、これはどういうことだ!?」

「ごらんのとおりですわ。あなたは、天上の神々にも見放され、地上の人間たちにも見すてられた、あわれな身。ゆえに、籠につるされているのがお似あいと思うていましたが、結局、地上に落ちて人間に裁かれる身となってしまいましたわね」

サリーマの声には、ひややかすぎるひびきがあった。ガーデーヴィは床《ゆか》を踏み鳴らして、妻をののしった。

「妻でありながら、よくも夫を裏ぎったな。恥を知れ、売女《ばいた》めが！」

「わたしは夫を裏ぎったのではなく、父の仇をうったのです」

ガーデーヴィは大きく口をあけたが、そこからは、もはや一語も出てこなかった。彼は唇をかみ、土色の顔でつれさられた。

敗者が勝者の前にひきだされたとき、アルスラーンも同席した。ラジェンドラが、彼をまねいたのである。

にくいはずの異母兄弟にむかって、ガーデーヴィは笑顔をつくった。これほどひきつった、みじめな笑顔を、アルスラーンは見たことがなかった。もともと、ガーデーヴィは、れっきとした貴公子で、それにふさわしい容姿の持主であった。それだけに、卑屈きわまるようすで生命《いのちご》乞いをはじめると、いっそう無惨に見えた。

「ラジェンドラよ、おぬしと私とは、血をわけた兄弟ではないか。運命のいたずらから、王位をめぐってあらそうことになってしまったが、もはや勝敗はついた。おぬしの勝利だ」

「ほう、みとめてくれたわけか」

思いきり、いやみたっぷりに、ラジェンドラは唇をゆがめたが、それに気づかぬふりをして、ガーデーヴィはつづけた。

「私は、おぬしの部下となろう。おぬしに忠節を誓い、おぬしのために外敵を討とう。だから私を生かしておいてくれるだろうな」

ラジェンドラは、わざとらしく大きなため息をついた。ちらりとアルスラーンを横目で見てから、重々しげに口をひらく。

「ガーデーヴィよ、おれたち兄弟は、生命《いのち》と国とをかけてあらそった。敗れればどうなるか、たがいに承知していたはずだ。おぬしが敗れた上は、いさぎよく死んでくれ。苦しまずにすむようにしてやるゆえ、なさけない生命乞いなどしてくれるな」

「ラ、ラジェンドラ……！」

「おれたちは不幸な兄弟だったな。いっそ他人どうしだったら、おたがい、もうすこし仲よくやれたかもしれぬのに」

ラジェンドラの目には、めずらしく深刻なかげりがあった。だが、それも一瞬で、ふてぶてしいほど陽気な表情をつくって言いはなった。

「おぬしにとっては、人生最後の夜だ。せいぜい楽しくすごしてくれ。酒と料理を運ばせるからな」

充分に酒に酔い、正体を失ったところを、苦しませないよう殺す。それが、シンドゥラで王族を処刑する作法だった。

ガーデーヴィの縄はほどかれ、彼の前に、酒や料理や果物が並べられた。周囲には、兵士や処刑役人らが人垣《ひとがき》をつくっていたが、ガーデーヴィの左右には、酌をするため、四人の宮女がかしずいた。

ガーデーヴィは血走った目で周囲を見まわしていたが、ふいにアルスラーンをにらみすえ、宮女の手から酒瓶をもぎとった。

「パルスの孺子《こぞう》！　きさまがよけいなまねばかりするからだ。思い知れ！」

怒号と、兇器のひらめきが、ほとんど同時であった。

ガーデーヴィは、酒瓶を地面にたたきつけて割ると、その細長い破片をつかみ、アルスラーンの咽喉《のど》めがけて投げつけたのである。

宮女たちが、はなばなしい悲鳴をあげた。

アルスラーンは、とっさに自分で自分の生命を救った。骨つき肉のかたまりを手づかみにして咽喉の前にかざしたのだ。破片は、その肉に深々と突きささった。

鷹の告死天使《アズライール》が、はばたいた。つぎの瞬間に、告死天使《アズライール》の嘴《くちばし》は、正確に、ガーデーヴィの右の眼球を突きやぶっていた。

絶叫をあげて、ガーデーヴィは血まみれの顔をおさえた。友人のためにしたたかな報復をとげた告死天使《アズライール》は、宙に弧をえがいて、アルスラーンの肩に舞いもどった。

「ここまで未練なやつとは、正直、思っていなかった。ガーデーヴィよ、きさまは、おれが父上に申しあげたより、はるかに、王たるの資格を持たぬやつだ。冥界《あのよ》へ行って、父上に性根をきたえなおしていただけ」

ラジェンドラの合図をうけて、処刑役人が三名、すすみでた。ひとりが斬首用の斧《おの》を手にしている。他のふたりが、激痛と憤怒にのたうちまわるガーデーヴィの身体を左右から床の上におさえつけた。

アルスラーンは見たくなかった。だが、彼はシンドゥラの歴史に干渉したのだ。その結果から目をそらせるわけにいかなかった。

斧が振りあげられ、振りおろされた。

絶鳴は、ごく短かった。

II

ガーデーヴィの処刑が終わると、片目と胴体を失ったその首は、城門の横手にさらされた。王位の簒奪《さんだつ》をねらい、義父を殺害した極悪人としてである。一国の王子として生まれた身が、まことに無惨な最後というしかなかった。

「やれやれ、どうにか結着《かた》がついた。しかし、ああも悪あがきされると、さすがに後味がよくないわ。自分自身の名誉のために、いさぎよく死んでくれればよかったのだがな」

ラジェンドラでさえそうなのだから、アルスラーンも、まことにいやな後味をかみしめていた。自分がまちがっていたとは思わないが、それとはべつに、胸の奥にわだかまる不快感は、どうしようもない。ガーデーヴィの血まみれの顔を、しばらくは忘れられそうになかった。

「ところで、アルスラーンどの、おかげでシンドゥラ国内は、いちおうおちついた。おぬしはこれから、どうなさる」

「むろん、パルスへ帰ります」

ガーデーヴィが滅び、ラジェンドラはどうやらシンドゥラ国の主権者としての地位を手に入れた。これで、ラジェンドラに、国境不可侵を約束させれば、ナルサスの策どおり、後方は安定する。王都の奪還に、いよいよ乗りだすことができるのだ。

「パルスへもどって、ルシタニア人どもを追いはらうか」

「そういうことです」

ラジェンドラは、両眼を細めて、アルスラーンの顔をのぞきこんだ。

「それで、正直なところ、パルスの情勢はどうなのだ。侵略者どもを追いはらう成算は、たっているのか？」

「それは私などより、ナルサスのほうがくわしく存じております。彼を呼んで説明させましょうか」

「あ、いや、その必要はない」

あわててラジェンドラは首を振った。彼はダリューンも苦手だが、ナルサスも苦手だった。内心で、ふたりともアルスラーンにはすぎた家臣だと、ラジェンドラは思っている。逆にいえば、これらの家臣がついておらず、アルスラーンひとりなら御しやすい、とも、ラジェンドラは思いこんでいるのだった。さらに話をつづけるうち、調子に乗って、彼はこんなことまで言いだした。

「おれがルシタニアの軍師であれば、チュルク、トゥラーンの両国に使者を送って、パルス東方国境を侵すよう、そそのかす。そして、背後からアルスラーン王太子軍をおそわせるだろう」

「ナルサスもそう申しておりました」

「ほう！　では、おれも、おぬしの軍師にぐらいはなれるかもしれぬな」

「ですが、ナルサスは、それに対抗する手段を七種類、持っているそうです。だから、何も心配いらない、とも申しておりました」

「七種類とは、どんな？」

思わずラジェンドラは身を乗りだしかけたが、アルスラーンは、かるく笑っただけであった。

「秘中の秘だそうで、私にも教えてくれませんでした」

これは真実である。聞いていたら、ラジェンドラの質問を、はぐらかすことができたかどうか。

ラジェンドラは、さらにしつこく聞きだそうとしたが、効果がなかったので、話題を転じた。アルスラーン以下、パルス軍に贈る謝礼の件である。とにかく、アルスラーンらがいなければ、こうも短期間に、競争相手のガーデーヴィを滅ぼすことはできなかったはずだ。それに、これ以上、シンドゥラ国内にいてもらってもこまる。みやげを持って、さっさと帰ってほしいものであった。

「領土だけは譲れないが、他のものなら何でもさしあげよう。財宝でも糧食でも。いや、それともシンドゥラ美女がよいかな」

「それでは、おことばに甘えて、ラジェンドラどの、精鋭の騎兵五百騎をお貸しいただけますか。それだけお貸しいただければ充分です」

「なに、五百騎？」

一瞬、ラジェンドラの、黒すぎるほど黒い瞳に光が走ったように見えた。だが、すぐに、陽気な笑いが、それをかき消した。

「水くさいことを申されるな、アルスラーンどの。おぬしとおれとは、血を分けた兄弟でこそないが、生死をともにする盟友ではないか。おぬしが国を奪《と》りもどすのに、わずか五百騎を貸しただけとあっては、おれの男が立たぬ。三千騎貸してさしあげよう」

「ありがたいことですが、ラジェンドラどのはこれから国を完全に統一しなくてはならないのでしょう。一兵も惜しいはずですのに」

アルスラーンは辞退したが、ラジェンドラは、クンタヴァー将軍に三千騎の精鋭をつけて、半ば押しつけるように、アルスラーンに貸しあたえた。

アルスラーンが軍をひきいてパルスへの帰路についたあと、ラジェンドラは陽気に鼻唄など歌っていたが、老臣のひとりが、何やら決意したようすで、彼の前にすすみでた。

「ラジェンドラさま、おりいってお話がございます」

「やれやれ、諫言《かんげん》か」

あごをなでて、ラジェンドラは、下目づかいに部下を見やった。椅子《いす》に腰をかけたまま、脚を組んで、籠のなかからパパイヤの実をつかみだし、皮ごとかぶりつく。

「まあいい、申してみよ」

「アルスラーン王子らの助力に対して、たしかに、吾《われ》らは恩義がござる。なれど、これからシンドゥラ国内を平定するにあたり、三千もの騎兵を割き与えては、吾ら自身が弱体化いたします。アルスラーン王子が五百でよいと言っているのですから、それだけお貸しになれば充分ではございませぬか」

「そんなことは、わかっている」

「では……」

ラジェンドラは、パパイヤの実をつかんだまま笑いだした。

「おいおい、お前には、おれの本心がわからぬのか。おれはパルスの軍中に、火種をかくしたのさ」

「え、すると……」

「そうだ。三千騎の精鋭が、いきなり夜中に、パルスの陣営に火を放ってあばれだす。同時に外からは、おれ自身が兵をひきいて攻撃する。いかにパルス軍が強くとも、これなら勝てる」

老臣は唖然《あぜん》として若い主君を見つめた。

「そ、それはあまりにもひどうはございませぬか、ラジェンドラ殿下。彼らは殿下のために、ガーデーヴィ王子を倒すのに手を貸してくれたのですぞ」

「おれのためなものか、やつら自身のためさ」

ラジェンドラは、パパイヤの果汁にぬれた唇をぬぐった。それから、反動をつけて椅子から立ちあがると、甲冑を持ってくるよう近侍《きんじ》の者に言いつけた。呆然としている老臣に、にやりと笑ってみせる。

「これから全軍をこぞって、パルス軍の背後に忍びよる。すくなくとも、旧バダフシャーン公国の土地は、おれのものにしてくれよう」

「……で、アルスラーン王子を殺害なさるのですか？」

「ばかなことを言うな。おれはそんな無慈悲な悪党ではないぞ」

真剣そのものの口調で、ラジェンドラは言ったものである。

「アルスラーンを人質にして、旧バダフシャーン公国領をもぎとったら、あの坊やは自由にしてやるさ。だいたい、おれはあの甘い坊やが好きなのだ。こんな辛辣《しんらつ》な策を弄《ろう》するのも、あの坊やに、一国の王として大きく成長してもらいたいからこそだ」

ずうずうしい言種《いいぐさ》だが、ラジェンドラ自身は、自分が言ったことを心から信じているのである。黄金の甲冑をまとい、白馬に宝石だらけの鞍を置かせながら、ラジェンドラが考えたのは、かわいそうなアルスラーンをどうやってなぐさめてやろうか、ということだった。

III

パルス軍は、シンドゥラから故国へむけて、凱旋《がいせん》の道をたどっていた。ペシャワールの城塞にもどれば、アルスラーンは、将兵に恩賞をあたえる約束である。それでなくても、生きて故国へ帰れる彼らは陽気だった。

「やれやれ、辛《から》いだけのシンドゥラ料理と縁がきれてありがたいことだ。もう十日も、あんな料理を食べていたら、舌がばかになるところだった」

ギーヴが毒づくと、ナルサスが苦笑しつつうなずいた。やたらと香辛料《こうしんりょう》のきいたシンドゥラ料理は、パルス人たちを閉口させたのである。羊の脳を煮こんだ、とうがらしだらけの赤いカレー料理を、そうと知らずに食べさせられたあと、アルスラーンやエラムはしばらく食欲がなかった。豪胆なダリューンでさえ、二度は食べようとせず、けろりとしていたのはファランギースだけであった。

「べつに好きなわけではないが、あれはあれで独特の風味があってよろしい」

というのが、シンドゥラ料理に対するファランギースの感想であった。

一万のパルス軍と、クンタヴァー将軍がひきいる三千のシンドゥラ軍が、最初の野営をおこなった夜である。夜半、にわかに火の手があがり、大さわぎになった。

二万の軍をひきいて、ひそかにパルス軍のあとをつけていたラジェンドラは、クンタヴァー将軍が、命令どおりにパルスの軍中で騒ぎをおこしたことを知った。彼は小躍りしてよろこび、二万の部下に命令した。

「それ、突入してアルスラーンをとらえろ！」

白馬にまたがったラジェンドラを先頭に、シンドゥラ軍は、喊声《かんせい》をあげてパルスの陣営に突入した。

内と外からの同時の攻撃である。パルス軍は大混乱するはずであった。ところが、突入した場所はもぬけのからで、山と積まれた薪が、はでに燃えあがっているだけであった。

「な、何だ、これは何としたこと……」

そのとき、ラジェンドラの鞍の前輪《まえわ》に、どさりと重い音をたてて投げ出されたものがある。「ん……?」と、眉をひそめてラジェンドラが片手を伸ばすと、掌に、人間の頭髪の感触が伝わってきた。雲が切れたか、青い月光が降りそそぐ。

鞍の前輪から、クンタヴァー将軍の生首が、うらめしそうに若い主君をにらんでいた。

人を人とも思わぬラジェンドラも、さすがに仰天した。反射的に、部将の生首をはらい落としたとき、彼のそばで、にわかに夜気が動いた。甲冑と剣のひびきが、威圧的にわきおこった。

「シンドゥラの横着者よ、おぬしの奸計《かんけい》はすでに破れた。アルスラーン殿下のお慈悲にすがって、せめて生命をまっとうすることだな」

夜そのものが、豪勇の戦士として、ラジェンドラの前に立ちはだかったように思われた。黒衣黒馬の、パルスの若き万騎長《マルズバーン》が、夜風にマントをはためかせている。右手の長剣は、すでに人血の匂いをはなっていた。

ラジェンドラは総毛だった。恐怖もさることながら、自分の策が失敗したことに、大きな敗北感をおぼえたのだ。

「ふ、防げっ」

部下たちに、悲鳴まじりの命令をはなって、ラジェンドラは馬を駆り、夢中で逃げだした。彼の部下たちは、主君の身を守るため、ダリューンの前に剣の林をつくって立ちはだかった。だが、ほとんど一瞬である。馬前、さえぎる者もない染血の大地を蹴って、ダリユーンの黒影が追いすがってきた。

「シンドゥラの横着者、まだ悪あがきする気か。そのざまでガーデーヴィを笑えるのか!?」

ダリューンの叫び声にへらず口をたたきかえす余裕もなく、ラジェンドラは逃げまくった。夜目にもめだつ白馬に乗っていることを、はじめて後悔したが、いまさら他の馬に乗りかえることもできない。そのまま逃げつづけるうち、数十騎のパルス兵が道に躍り出て、彼の行手をはばんだ。

「ナルサス軍師は、すべてお見とおしよ。小策士は策におぼれる。身のほどを知って、シンドゥラ国内だけで智恵者づらしていることだな」

冷笑と同時に、剣を撃ちこんできたのはギーヴだった。ラジェンドラのすぐ右を守っていた騎兵が、一刀で斬り落とされる。

その隙に、ラジェンドラはふたたび馬首をめぐらして逃げだしていた。数百歩を走りぬけたところで、またしても彼の前方をパルス人がはばんだ。馬蹄のとどろきに、うるわしい呼びかけの声がつづいた。

「ラジェンドラ殿下、どこへいかれます」

「ファランギースどのか。そこをおどきあれ。あなたほど美しい女性《にょしょう》を傷つけるのは、私の本意ではない」

「かたじけないおおせなれど、アルスラーン王太子の臣下として、ラジェンドラ殿下をここで逃がすわけにはまいらぬ。ご同行いただきましょうぞ」

「そうか、では、やむをえぬ」

ダリューンやギーヴにくらべれば、ファランギースのほうが相手にしやすいように思えた。ファランギースの剣技は、充分に承知していたはずだが、やはり女と見て、あなどったのだ。

ラジェンドラは、美しいパルスの女神官《カーヒーナ》にむかって、白馬を突進させた。

夜そのものを両断する勢いで、ラジェンドラの剣が振りおろされる。容易には、受けとめることもできないはずであった。ファランギースは受けとめなかった。受け流したのだ。彼女は絶妙の角度で剣を突きだし、ラジェンドラの斬撃は、小さな滝のように火花をまきちらしつつ、彼女の身体のそばをすりぬけていった。

均衡をくずしたラジェンドラが、ようやく立ちなおったとき、彼の左右に、ふたりの雄敵が追いついていた。彼は捕虜になった。

「ラジェンドラどの、このような形であなたと再会したくはありませんでした」

「おれもまったく同感だ、アルスラーンどの」

と、心からラジェンドラは賛成してみせた。この逆の形なら、彼が望むところだったのだが。シンドゥラの次期国王《ラージャ》は、ギーヴのために革紐でがんじがらめにされて、アルスラーンの前にひきだされていた。

王太子のそばにはナルサスがひかえている。

ラジェンドラを捕虜にした、との報告を受けたとき、アルスラーンは、その処置法を若い軍師に相談した。

「ナルサス、私はあの御仁がどうも憎めないのだ。殺す気になれない。私の考えは甘いだろうか」

アルスラーンが言うと、ナルサスは愉快そうに笑った。

「いいえ、殿下、甘いとは、殺すべき者を殺さないときに使うことばです。この際は、殿下のお好きになさいませ」

「すると、あの御仁を生かして帰してやってよいのだな」

「むろん、よろしゅうございます。ただ、懲《こ》りるということをご存じない御仁ゆえ、すこしは釘を刺しておいたほうが、よろしゅうございましょう。いささか人の悪い演劇《しばい》をいたしますので、最初は殿下はだまってご見物ください」

こうして、ナルサスとラジェンドラとの間で会話がおこなわれ、アルスラーンはそれを見物することになったのだ。

「どうも国都はあなたにとって居心地が悪そうですな。よろしい。ラジェンドラ殿下は、以前よりパルスの風土にご興味がおありとお見うけいたす。このまま、わが軍の客人となって、わが国の名所を巡歴なさってはいかが。二年もすれば見るところもなくなるでござろう。それから、ゆるゆるとご帰国なされればよろしいかと存ずる」

「そ、それはこまる」

ラジェンドラは狼狽した。

「シンドゥラ国は王を失ったばかりだし、地方にはまだガーデーヴィの味方をしておった土豪どもが多く残っておる。おれがいなくてはどうにもならぬ。身代金を払わせるから、おれを自由にしてくれ」

「なに、ご心配にはおよび申さぬ。これよりチュルク国に使者を送り、救援を求めてさしあげましょう」

「チュルクに!?」

ラジェンドラは目をむいた。

「さよう。わがパルス軍は、今後、ルシタニア人どもを追いはらうため、全力をつくします。シンドゥラ国にはかまっておれませぬ。いっぽう、チュルク国王は俠気《おとこぎ》のある御仁とうけたまわります。喜んで大軍を派遣し、シンドゥラ国を平定してくださることでしょう」

ナルサスは、声と表情に上品な悪意をこめて、相手の反応を待った。

ラジェンドラはあえいだ。

「そ、そんなことをされては、シンドゥラ国はチュルクに併呑《へいどん》されてしまうではないか。チュルク王が俠気のある男だなどと、聞いたこともないわ」

「おやおや、ご自分を基準にして、ものを考えてはなりますまい。善良なラジェンドラ殿下」

次期シンドゥラ国王《ラージャ》の顔に、冷たい汗の流れが何本もできた。

「アルスラーンどの、あやまる。まったくもって、おれが浅慮であった。どうかおれをこれ以上いじめんでくれ」

しばられたまま、ラジェンドラは、十歳年下の少年に頭をさげた。

「では今回こそ、盟約を守っていただけますね、ラジェンドラどの」

「守る、守る、守る！」

「それでは、この誓約書に、ご署名ください。そうしていただければ、無傷で解放してあげます」

ラジェンドラの前に差しだされた紙には、みっつの条項があった。むこう三年間、たがいの国境を侵犯しないこと。今回のパルス軍の協力に対し、シンドゥラ金貨五万枚の謝礼をしはらうこと。そして、シンドゥラ暦の年代を、二年ちぢめること。以上であった。みっつめの条項を目にして、ラジェンドラが一瞬、心からなさけなさそうな表情をした。アルスラーンは、くすりと笑うと、「まあ、これはやめておきましょう」とつぶやき、ペンをとって、その条項を消した。

革紐をとかれたラジェンドラは、大いそぎでそれに署名すると、酒宴のさそいをことわり、国都ウライユールへと帰っていった。ナルサスが、すでにチュルクに使者を出したかもしれない、と思ったのだろう。四散した軍隊は、道々でかき集めるつもりにちがいない。

あわただしいラジェンドラの後姿を見送って、アルスラーンは若い軍師に問いかけた。

「ナルサス、ひとつ訊《き》いてよいか」

「どうぞ、殿下、何なりと」

「ラジェンドラ王子と不可侵条約をむすぶのに、どうして三年と期限を切ったのだ？　どうせなら、五十年か百年にしておけばよいのに」

若い軍師は笑って説明した。

「それはラジェンドラ王子の為人《ひととなり》を考えてのことでございます。あの御仁、なぜか憎めぬ人ではありますが、欲も深ければ油断もできぬ人であることは事実。このような御仁に、永遠の友誼《ゆうぎ》や和平など申し出ても無益です」

まことにそのとおり、と言いたげに、大きくうなずいたのは、ダリューンである。

「ですが、二、三年という区切りをつければ、意外とこういう人物でも、約束を守ろうとするものです。というより、三年が最大限でしょう」

「三年もたてば、がまんできなくなる。そういうことか」

「さようです、ラジェンドラ王子は、いま、いそがしく計算しています。ぜひとも三年以内にシンドゥラ全国を平定して、パルスにちょっかいを出したいと思っているでしょう。まず、二年から二年半後が、あぶのうございますな」

「それまでに私は、ルシタニア人を追いはらい、王都を奪還しておかなくてはならないのだな」

「御意……」

ナルサスが軽く一礼したとき、エラムが馬を寄せてきて報告した。パルス軍のあとを、見え隠れしながらついてくる一騎の影があるという。

ファランギースが、二十騎ほどをしたがえて、馬を飛ばしていった。やがて、彼女はもどってきたが、したがえていた騎兵が、一騎ふえていることを、エラムがめざとく発見した。ファランギースが肩ごしに振りむいて何か言うと、褐色の肌をしたシンドゥラ人の若者が馬をおりて進み出た。アルスラーンの声がはずんだ。

「ジャスワント、来てくれたのか」

シンドゥラ人の若者は、地面に両手をついて、馬上のアルスラーンを見あげ、パルス語の練習をするように大声をあげた。

「おれはシンドゥラ人です。パルスの王太子殿下におつかえするわけにはいきませぬ。もし今後、パルスとシンドゥラが戦うようなことがあれば、おれは故国についてパルスと戦います」

ひと息に、そう告げた。

「ですが、おれは三度にわたって、アルスラーン殿下に生命《いのち》を救っていただきました。その借りを返させていただくまで、殿下のおともをさせていただきます」

アルスラーンの左に馬を立たせていたギーヴが、苦笑した。

「理屈の多い男だ。すなおについてくれれば、肩もこらずにすむものを」

「理屈のない男よりも、よほどましではないのかな」

ファランギースが皮肉る間に、アルスラーンは馬をおり、ジャスワントの手をとって立たせた。

「よく来てくれた、ジャスワント。心配しなくてもいい。シンドゥラとは不可侵条約をむすんだ。われわれが戦うのはルシタニアだ」

「そ、それなら私も、何のためらいもなく、アルスラーン殿下のおんために、ルシタニア人とかいうやつらと戦います」

ふたりとも大まじめなので、かえって直臣たちの微笑をさそった。ダリューンが、ナルサスにむかって片目をとじてみせた。

「アルスラーン殿下は、チュルクと戦えばチュルク人の部下を手に入れ、トゥラーンと戦えばトゥラーン人の部下を得られるかもしれんな」

「では、順番として、つぎはルシタニア人の部下ということになるか」

「どうせなら、ルシタニア国王を、パルスの大地にひざまずかせ、忠誠を誓わせていただきたいものだ」

ダリューンの黒い両眼に、一瞬、冗談をこえた光が揺れるのを、ナルサスは見た。

……こうして、アルスラーンはふたたびカーヴェリー河をこえてパルスの大地を踏んだ。パルス暦三二一年三月半ば。ペシャワール城を出立して三か月が経過していた。

Ⅳ

ペシャワール城に、王太子帰国の報はすぐもたらされ、責任者たる万騎長《マルズバーン》キシュワードは、五百騎をひきいて城外までアルスラーンを出迎えた。

鷹の告死天使《アズライール》は、アルスラーンの肩からキシュワードの腕にとびうつり、ひとしきり甘えたあと、アルスラーンの肩にもどり、いそがしくそれをくりかえした。飼主と友人と、どちらにも気を使う風情《ふぜい》である。

「これはこれは、告死天使《アズライール》め、私が思っていたより、ずっと浮気性のようでございますな。こまったものでござる」

一笑したキシュワードであったが、万騎長《マルズバーン》バフマンの訃報《ふほう》を伝えられると、表情をひきしめて、馬上で、死者の冥福を神々に祈った。

「なれど、王太子殿下のおんために死ねたことは、当人にとっては武人の本懐でございましょう。あえて申しあげますが、お悲しみになることはございません。バフマンどのに守られたお生命《いのち》を、どうかたいせつになさいますよう」

「キシュワードのいうとおりだ。バフマンに報《むく》いるためにも、かならず王都を奪《と》りもどして、父上と母上をお助けする」

「それでこそ、パルスの王太子殿下。このキシュワードも、不肖《ふしょう》ながら、お力ぞえをさせていただきます」

「たのむ」

にこりと笑ってアルスラーンはキシュワードのそばを離れた。ファランギースに弓を教わるためだった。まだアルスラーンは非力で、ダリューンのような強弓《ごうきゅう》をあやつることができないので、むしろファランギースに学んだほうがよい、と、側近たちの意見が一致したのである。

アルスラーンと、その肩にとまった告死天使《アズライール》の後姿を見送って、キシュワードもきびすを返し、ナルサスの執務所に足をむけた。

ナルサスは多忙だった。出兵の実務は、キシュワードとダリューンにゆだねて、何ら不安はないが、政事や戦略の根本的な部分は、彼がとりしきらなくてはならなかった。

まず、シンドゥラ遠征の前にさだめておいた、奴隷《ゴラーム》の解放とカーヴェリー河西岸への入植《にゅうしょく》を実施せねばならない。つぎに、いよいよルシタニア追討の兵をおこすにあたって、アルスラーンの名において檄文《げきぶん》を発し、各地の諸侯《シャフルダーラーン》に起兵を呼びかけなくてはならない。さらに、アルスラーンの政治改革の立場をあきらかにするために、奴隷《ゴラーム》制度を廃止する宣言書も書かなくてはならなかった。

いそがしい、いそがしい、と口では言いながら、ナルサスはけっこう楽しそうである。よき国王《シャーオ》のために、よき政事を構想し実行することができるのだから。

キシュワードが入室したとき、ナルサスはひと休みして緑茶をすすっていたところだった。キシュワードも椅子と緑茶をすすめられ、ひとことふたこと会話をかわすうち、キシュワードは、重要な話題をとりあげた。

「ナルサス卿、この点ははっきりと申しあげておきたい。アルスラーン殿下が、仮に、仮にだ、パルス王家の血をひいておられぬとしても、われらの忠誠はいささかも変わらぬ」

その点について、ナルサスは、キシュワードを疑ってなどいなかった。ただ、気にかかることがないでもない。緑茶を飲みほした後の陶器《とうき》を指ではじきながら、彼は言った。

「むろん、おぬしの忠誠はあてにさせていただく。なれど、アンドラゴラス王をお救い申しあげた後、アルスラーン殿下との間に、隙が生じるおそれがござるぞ、キシュワードどの」

「というと？」

「奴隷制度《ゴラーム》ひとつをとっても、アンドラゴラス王が廃止を承知なさるとは思えぬ。国王《シャーオ》と王太子とが、政事をめぐって対立なさったとき、キシュワードどのはいかがなさる？」

キシュワードはパルスの万騎長《マルズバーン》であり、代々、王家につかえてきた武門の出身である。たとえば、ギーヴやジャスワントなどとくらべて、背負っているものがちがうのだ。ダリューンやナルサスともちがって、アンドラゴラス王の不興を買ったわけでもない。いかにアルスラーンに好意的とはいっても、アンドラゴラス王に敵対するようなことになれば、心ぐるしいであろう。

「ナルサス卿の心配はもっともだが、それは王都エクバターナを奪還し、アンドラゴラス陛下をご救出もうしあげてからにしよう」

「そうだな、それがよろしかろう」

ナルサスもうなずいた。

「今度は、この城で留守番など、ごめんこうむりたいものだ。先頭に立って、王都に攻め上りたい」

「戦場の雄たるキシュワードどの、城にこもりきりでは、やはり退屈なさるか」

「それが……」

キシュワードはなぜかすこしためらったようである。

「三か月も留守番をやっておると、さすがに退屈する——と言いたいところだが、じつは奇妙なことがあってな」

「奇妙とは？」

「うむ、じつのところ、いささか気味が悪い……」

「ほう、キシュワードどのともあろう御仁が、気味が悪いとおっしゃるか」

双刀将軍《ターヒール》とあだ名される驍勇《ぎょうゆう》の万騎長《マルズバーン》は、苦笑しつつ、つややかなひげをなでた。

「相手が人間であれば、恐れぬつもりだがな。兵士どもの噂では、そやつは影のような正体不明のもので、壁や天井を自在にくぐりぬけるという。そして糧食を盗み、井戸の水を飲み、兵士どもを害すると」

「人死も？」

「出た。三人死んだ。もっとも、その影とやらが犯人だという証拠は何もない。単なる事故だと、おれは思っているが、兵士どもはそう思わぬ。いささか、もてあましておったところだ」

「ふむ……」

ナルサスは、キシュワードがいぶかしく思ったほど、まじめに考えこんだ。

キシュワードが、ダリューンと、騎兵編成の相談をするために出ていくと、しばらくして、エラム少年がナルサスの部屋によばれた。

「エラム、これはヴァフリーズ老がバフマン老にあてた、例の密書だ。どこかに隠しておこうと思うのだが、おれはこのとおり、ばかにいそがしい。バフマン老の部屋に隠しておいてくれぬか」

ナルサスから信任されて、エラムはたいそうはりきった。手紙を、防水用の油紙に厳重にくるみ、紐でしばって、それをバフマンの部屋に持っていく。さんざん考えたり試したりした末、ようやくいい隠し場所を見つけた。窓ぎわに熱帯魚の水槽がおいてあり、底には厚く泥がしいてある。その泥のなかに、エラムは密書を隠したのだった。

さて、夜になって、ナルサスは、ギーヴの訪問を受けた。城内に出没する影の噂を聞いたギーヴが、三か月前に経験した、奇妙な気配のことを思いだしたのである。ふたりは、そこの廊下に足を運んで、ひとしきり壁や床を調べてみたが、何の発見もなかった。

ナルサスとギーヴがつれだってもどってくると、何やら興奮したようすで、アルフリードが声をかけてきた。エラムもいる。

「ナルサス、どこへ行ってたの!? ずいぶん探したんだよ」

「何かあったのか?」

問いかけるナルサスの鼻先に、一枚の紙片が差し出された。パルス文字の列が、ナルサスの視線をうばった。その内容は意外きわまるものであった。

「アルスラーン王子に加担せし愚者《ぐしゃ》どもに告ぐ。汝《なんじ》らの隠匿《いんとく》せる大将軍《エーラーン》ヴァフリーズの密書は、すでにわが手中にあり。以後、これを教訓に、油断をつつしむべし……」

「それで、この手紙を見てどうした!?」

鋭いというより苛烈なまでに引きしまったナルサスの表情を見て、エラム少年がいそいで安心させようとした。

「私が調べにまいりました。大将軍《エーラーン》ヴァフリーズさまの密書は、ちゃんと、バフマン老の寝所に……」

エラムの声は、途中で、蠟燭《ろうそく》の火が風に吹き消されるように消えてしまった。ナルサスが、無言のまま、獲物を追う隼《はやぶさ》の勢いで、部屋を飛び出していったからである。理由を知らぬまま、ギーヴがそれにつづいた。

廊下を走りぬけたナルサスが、そのままの勢いでバフマンの部屋の扉を蹴りつけた。扉は、きしみながら、大きく内側にひらいた。

信じられない光景があった。

天井から人間の腕がさかさにはえていたのだ。二本の腕の、一本はヴァフリーズの密書をにぎりしめ、一本は短剣《アキナケス》をつかんでいた。密書をにぎった腕が、音もなく天井へ消え、いま一本の腕は、おどかすように短剣《アキナケス》を振ってみせた。

ナルサスの剣が鞘ばしり、天井へむかって閃光を描いた。

短剣をにぎった腕は、肘《ひじ》から両断され、鮮血の尾をひいて床に落下した。同時に、床を蹴って跳躍したギーヴが、長剣を垂直に突きあげて、厚い樫《かし》の天井板をつらぬいた。

刃先に、かるい手ごたえがあった。ギーヴは舌打ちして、剣を抜きとった。刃に人血が付着してはいたが、それほど重い傷をあたえてはいないようだ。

「腕を一本、犠牲にして、目的を達しやがった。ただ者じゃないようだな」

刃に付着した血の雫《しずく》をふりおとしながら、ギーヴがつぶやいた。

扉口《とぐち》に立ちすくんだまま、エラムが呆然として、この場の光景を見まもっている。

「ナルサスさま、何がどうなっているのか、私にはさっぱり……」

剣を鞘におさめながら、ギーヴがナルサスを見やった。

「おれには、わかるような気がする。つまり、この坊やは、囮にされたというわけだな」

「楽士どののいうとおりだ」

ナルサスは額に落ちかかる髪をかきあげ、うとましそうに、床の上にころがる腕をながめた。

「こういうことだ、エラム。あの曲者《くせもの》は、ヴァフリーズ老の密書の所在を知らなかったのだ。そこで、このような手紙を書いて、お前たちに読ませた。お前たちが驚いて、ヴァフリーズ老の密書が無事かどうか調べにいく。それをひそかに追跡すれば……」

「……あ！」

エラムが低く叫んだ。他の誰でもない、自分自身が、賊《ぞく》を目的の場所へ案内してしまったことに気づいたのだ。とんでもない失策だった。まんまと、相手の思いどおりに動かされてしまったのだ。

エラムは、しょげかえった。ナルサスがさらに何か言おうとしたとき、思いもかけず、アルフリードがエラムをかばった。

「エラムだけが悪いんじゃないわ。あたしにも責任がある。エラムを責めないでやって、ナルサス」

犬猿の仲であるはずのアルフリードに弁護されて、エラムは、どういう表情をしてよいものか、わからないようすだった。ナルサスは苦笑し、赤みをおびた髪の少女にむけて、かるく片手をあげてみせた。

「いや、あのな、アルフリード、わたしの話を聞いてくれないか……」

「エラムだって、きっと失敗をとりもどすわ。そりゃ一大事だけど、これ一回の失敗であんまり責めたてたらかわいそうだよ」

「話を聞けというのに。責任は、おれにある。気にするな、エラム。奪われた密書というのは、あれは偽物だ」

「えー!?」

アルフリードが大声をあげ、エラムも目をみはった。ナルサスは頭をかいた。

「ゆるせ、エラム。ヴァフリーズ老の密書は、まだ見つかっておらんのだ。あれは、曲者をおびきよせるための罠でな」

剣を鞘におさめたギーヴが、天井から視線をうつした。

「それはそれとして、ナルサス卿、まんまと目的を達して逃げおおせたやつは何者だと思う?」

「わからぬ」

あっさりと、ナルサスは答えた。調査をせずに推測することを、彼は好まなかった。彼は智者だが、千里眼《せんりがん》ではなかった。

城中に出没する影とやらが、ヴァフリーズの密書をねらっているのではないか、と考えたからこそ、偽の密書をでっちあげ、それを囮に使って、とらえようと思ったのだ。ところが、相手もなかなか曲者で、まんまと偽の密書を手に入れて、逃げおおせてしまった。とらえていれば、何か聞き出すことができたかもしれないが、逃げられたのではしかたない。盗まれた密書は偽物であり、実害はなかったが、小細工にしてやられた気分は、ぬぐいさることができなかった。さしあたり、アルスラーンにことのしだいを報告し、警戒と捜索を厳重におこなうしかなかった。

……そのころ、腕一本を犠牲にして、偽の密書を手に入れた男は、すでにペシャワール城塞の外に逃がれでていた。左腕の傷口を布につつみ、闇の奥で低くうめいていたのである。

「尊師《そんし》、尊師、サンジェはご命令をはたしましたぞ。密書はたしかに手に入れました。ただちにエクバターナへお届けいたします……」

第五章　冬の終り

I

アルスラーンと彼の部下たちが、シンドゥラ国内で戦いをつづけているころ、パルス国の正統な国王《シャーオ》を自任するヒルメスは、王都エクバターナにいた。

安楽な生活を送っているわけでは、むろんない。彼は、これまで、ルシタニア人がパルスを侵略する、その勢いに乗った形で活動してきた。それが、当面の復讐の対象であるアルスラーンは、何とシンドゥラへ軍を進めて、パルス国内から消えてしまった。ルシタニア軍も、内部対立のあげく、大司教ジャン・ボダンと聖堂騎士団《テンペレシオンス》が王都から離脱してしまい、地方のパルス軍残党や諸侯《シャフルダーラーン》を討伐するどころではない。ヒルメスとしては、自分自身がこれからどう動くべきか、慎重に考える時期をむかえたようであった。

一方、ルシタニアの王弟ギスカールも、多事多端である。兄であるルシタニア国王イノケンティス七世は、パルス王妃タハミーネに夢中であった。

タハミーネにおぼれている、とはいえない。おぼれるどころか、第一、水辺にさえ近よせてもらえないのだ。

イノケンティス七世は、タハミーネを王宮内に軟禁し、せっせと贈物《おくりもの》をする一方で、イアルダボート教への改宗をすすめている。そんな状態が、王都を占領して以来、冬じゅうつづいているのだった。たしかに、タハミーネがイアルダボート教に改宗すれば、結婚の障害はとりのぞかれる。それを知っての上であろうか、タハミーネは妖《あや》しい微笑をうかべ、はぐらかすばかりで、いっこうに王の要求に応えようとしなかった。

王とタハミーネとの仲が進展すれば、それはそれでギスカールはこまるのである。なまじ子供でも生まれれば、王位継承問題がややこしいことになるだろう。だから、イノケンティス王が、タハミーネを相手に、一方的な恋愛ごっこに終始しているうちは、放置しておいてもよいはずなのだが、結局のところ、政治や軍事に対する難題は、すべてギスカールのところに集中してくる。

ギスカールとしては、自分の才能と権勢のふるいどころではあるのだが、ときとして、やはり兄王に腹がたつのである。

先日、王都を離脱したボダンと聖堂騎士団《テンペレシオンス》がザーブル城に立てこもったために、西方との連絡は絶たれたも同然なのだ。それなのに、恋愛ごっこにうつつをぬかしてばかりいていいのか、と、兄にむかって言いたくなるのであった。

ザーブル城は、王都の西北方五十ファルサング（約二百五十キロ）の地にあり、古来、パルスとマルヤムの両王国を陸路でつなぐ、重要な位置にある。この城から軍隊を出動させれば、大陸公路を遮断して、両国の連絡をおさえることができるのだ。

いま、ザーブル城には、二万余の軍隊がたてこもっている。その大半は、聖堂騎士団《テンペレシオンス》であり、一部は、大司教ジャン・ボダンに忠誠をちかう、がちがちの狂信者たちである。宗教的な信念というものは、妥協をうけつけないから、しまつが悪い。

ジャン・ボダンは、ルシタニア国王イノケンティス七世に対して、ザーブル城からいくつかの要求をつきつけていた。

パルスの国王《シャーオ》アンドラゴラス三世と、王妃タハミーネとを処刑すること。パルス人をイアルダボート教に改宗させ、改宗せぬ者は全員、殺してしまうこと。異教徒の女に心をうばわれたことを、イアルダボート神に懺悔《ざんげ》し、一生イアルダボート教の戒律を破らない、とあらためて誓約すること。国政の全般にわたって、教会の拒否権を明文化すること……。

かけひきもあるにちがいないが、強気一方の要求である。イノケンティス王は、うろたえて、弟に相談を持ちかけたのであった。

「ボダンめ、神の名を借りて、教会の権力を増大させることばかり考えおって。兄も兄だ。

おれに相談したら、あとは自分では考えようともせん」

ギスカールは歯ぎしりしたが、ザーブル城にこもる二万の兵は、あなどれなかった。攻略するには、こちらも大軍が必要になるし、長期戦になったときがこわい。エクバターナを空《から》にはできないし、なまじ兵力を分散させれば、各個撃破されてしまう。

そこでギスカールは、ザーブル城を攻囲するための軍隊を、特別に編成することを考えた。それを銀仮面の男に指揮させればよいのだ。ザーブル城を落としてくれれば、いうことはないが、じつをいえば、包囲していてくれるだけでもよいのである。とにかく、ルシタニア軍がパルス軍の残党を一掃するまで、ボダンに手も口も出させぬようにすることだ。

ギスカールの提案をイノケンティス王は受けいれた。王は即位以来、弟の提案をしりぞけたことは、めったにない。そして、その時点ですべてが解決したつもりになって安心するのだった。

もとのパルスの万騎長《マルズバーン》であったサームは、まだ完全に負傷が癒《い》えてはいなかったが、ヒルメスが王都エクバターナにもどって以来、その側近にあって、さまざまに助言や進言をおこなっている。ヒルメスも、彼の存在を貴重なものに思い、さまざまに相談をもちかけた。部下のザンデにも、サームに対して礼を守るよう言いつけたが、ザンデには、いささかそれが不満のようである。

ある日、自分の邸宅の中庭で、ヒルメスはサームに相談した。ギスカールから、ザーブル城の聖堂騎士団《テンペレシオンス》を討伐するよう依頼された一件についてである。サームは即答した。

「おひきうけなさいませ、殿下」

「だが、ギスカールの本心は知れている。おれたちと聖堂騎士団《テンペレシオンス》をかみあわせ、共倒《ともだお》れにすることだ。そうとわかっていて、ギスカールの策《て》に乗ることもないと思うが……」

銀仮面を、午後の陽光に反射させて、ヒルメスは考えこんだ。

「サームがそう言うからには、考えがありそうだな。言うてみよ」

「まず聖堂騎士団《テンペレシオンス》を討つという大義名分があれば、殿下は公然と兵を集めることができます。ルシタニア人どもの費用をつかって、兵士と武器をととのえることができるではございませんか」

「……ふむ」

「それに、現在こそ国王らと対立しているとはいえ、聖堂騎士団《テンペレシオンス》はルシタニア人にまぎれもございません。彼らを討ち滅ぼすことができれば、パルスの民にとっては、まことに歓迎すべきこと。殿下はいずれパルス人の上に君臨なさる御身《おんみ》なれば、けっしてご損にはなりますまい」

「それはそうだが……」

「さらに、勝てばギスカール公らに恩を売ることができます。恩賞を求めることもできましょう。聖堂騎士団《テンペレシオンス》のたてこもるあの城を、要求なさるのも一案かと存じます」

サームがことばを切ると、ヒルメスは組んでいた腕をほどいた。

「たしかに、よいことずくめのように思えるな。だが、負けたらどうする？」

ヒルメスが反問したとき、サームの顔色が変わった。彼はパルス大理石の円卓に上半身を乗りだし、強い視線を銀仮面の上にそそいだ。

「英雄王カイ・ホスローのご子孫ともあろう御方が、負けたときのことなどをお考えあるか。たかが聖堂騎士団《テンペレシオンス》ごときに勝てぬようで、どうやってパルス国を回復なさることができましょうか。なさけないことを、おっしゃいますな」

ヒルメスがかぶった銀仮面は、表情を変えようもなかったが、その下で、ヒルメスは赤面したかもしれなかった。カイ・ホスローの子孫、という一語は、正統意識の強烈なヒルメスの心をゆさぶったのである。

「たしかにサームのいうとおりだ。よく助言してくれた。ギスカールめの申し出を、受けるとしよう」

「ほう、そうか、やってくれるか」

ヒルメスが、ザーブル城攻略の依頼を承知したとき、ギスカールは、喜びつつも、意外さをかくしきれなかった。銀仮面の男ことヒルメスが、そうかんたんに彼の策《て》に乗るとは思っていなかったのだ。いずれ強引にでも承知させるつもりではあったが。

「むろん、武器と糧食は、充分にそろえていただきます。それと、ルシタニア正規軍の兵力をさいていただくわけにはいきませぬゆえ、こちらでパルス人の兵士を徴募《ちょうぼ》させていただきます。よろしゅうござるか」

「よかろう、おぬしにまかせる」

ギスカールは、計算だかいが、けちではない。充分な準備と報酬を約束して、銀仮面の男を帰した。

このとき、ギスカールに忠告めいた口をきいた者がいる。

「王弟殿下、聖堂騎士団《テンペレシオンス》がほしいままにふるまって、ルシタニアの国威をそこねているのは事実ですが、それを討つのに異教徒たるパルス人を使ってよいものでしょうか。やつらの戟先《ほこさき》が、いつこちらへむかってくるやら、わかりませぬぞ」

宮廷書記官のオルガスという男だった。ギスカールの下で行政の実務を担当する人物である。ギスカールは、苦笑まじりに、部下の不安にこたえた。

「おぬしの不安はもっともだが、いまは一兵も惜しい時期だ。各地からの報告をあわせて考えると、いよいよパルス人どもが大挙して、エクバターナに攻め上ろうとしているらしい」

「それは一大事でございますな」

「どうせ、銀仮面め、やつにもよからぬ目算《もくさん》があるにちがいないが、さしあたり、ザーブル城にたてこもるあほうどもと戦ってくれるのだ。戦えば、損害も受けよう。せいぜい気持よく戦ってもらおうではないか」

　納得したオルガスは、いまさらのように声をひそめ、べつの疑問を口にした。

「それにしても、あの銀仮面の男、正体はいったい何者でございましょう」

「パルスの王家の一員だ」

　ギスカールの返答に、オルガスは唾をのみこんだ。

「ま、まことでございますか!?」

「さあな。おれはいまよたをとばしたのだが、あんがい事実かもしれぬ。パルスの王家にも、いろいろありそうだからな」

そこでまた、ギスカールはボダン大司教に対する怒りをかきたてられた。エクバターナを占領した後、ボダンは、大規模な焚書《ふんしょ》をおこなって、多くの貴重な書物を焼いてしまったのだが、そのなかには、王宮の書庫にしまいこまれていた古文書もふくまれていたのである。それらを調べれば、パルスの国政や宮廷内の密事について、さまざまに知ることができたにちがいないのだ。なにしろ、ボダンは、地理に関する書物まで焼いてしまったので、パルスを統治するのに、たいへんな損害をこうむってしまった。たとえば、ある村から租税をとりたてるのに、その村がどのていど租税を負担する能力があるのか、どのていどの労働人口と耕地面積があるのか、すべて最初から、調査しなおさなくてはならないのである。

「こまったことだな、ギスカールよ」

と、イノケンティス王は言う。彼は、その段階で、すでに弟にすべての責任を押しつけているのである。それを自覚してもいないのだ。

兄も兄、ボダンもボダンだが、もうひとり、ギスカールには気になる人物がいる。パルスの王妃タハミーネである。

「タハミーネという女、まったく何を考えているのか。兄とボダンをあわせたより、百倍もえたいがしれない女だ」

それがギスカールにとっては不気味である。

なにしろ兄王イノケンティスは、海綿《スポンジ》でつくられたような肉体と精神の持主なので、タハミーネが毒液をそそぎかけたら、たちまちそれを吸いとってしまうであろう。

たとえば、タハミーネがギスカールに対して悪意をいだき、王の耳にこうささやきかけたらどうするか。

「陛下、ギスカール公を誅戮《ちゆうりく》なさいませ。あの男は、陛下をないがしろにし、自分が至尊の座につこうとたくらんでおりますわ。生かしておいては、おためになりませぬ」

「そうか、そなたが言うなら、そうにちがいない。すぐ弟を処刑しよう」

……自分の想像で、ギスカールは寒けがした。ルシタニアの王弟殿下であり、事実上の最高権力者といっても、それほど安泰な立場とはいえない。ようやく、狂信者のボダンがエクバターナを出ていったと思えば、タハミーネがあらわれる。

ギスカールは、うんざりしていた。彼は子供のころから、兄を助けてばかりいた。助けられたおぼえは一度もない。つくづく、もううんざりだった……。

一方、ギスカールから許可をもらったヒルメスは、公然と、パルスの兵士を募集しはじめた。それにともなって、軍馬、武器、糧食もあつめることになる。大きな顔で、それらをルシタニア軍に要求できるのだ。

「いずれにせよ、ルシタニア人どものために、むりをなさる必要はございますまい。充分に時間をかけ、準備をととのえなさいませ」

サームが忠告し、ヒルメスはそれを受けいれて、慎重に準備をすすめた。準備不足のまま、ザーブル城を攻撃して、返り討ちにでもなったら、いい笑いものだ。ルシタニア人を国外へたたきだし、王都エクバターナで国王《シャーオ》として即位し、アンドラゴラスとアルスラーンを並べて首をはね、城門にさらすまで、死んではならなかった。彼はパルス中興の祖として、パルスの歴史に、不滅の名をきざむのだ。そのために、まずザーブル城を落とし、そこを彼の本拠地とする。そして、ヒルメスの名をあかす時機を選んで、パルスの王旗をかかげるのだ。

「あの城は難攻不落に見えますが、じつはいくつかの弱点がございます。ルシタニア人どもは知らぬことでございましょう。私は三度ほどあの城におもむき、内部をよく調べておりますれば」

パルスが誇る十二名の万騎長《マルズバーン》のなかで、城塞の攻撃と防御に関してもっともすぐれた力量を持つ者は、このサームであろう。ゆえに、アンドラゴラス王によって、王都エクバターナの防御をゆだねられたのである。

それがいま、エクバターナ陥落に活動したヒルメスのために、ザーブル城を攻略しようとしている。その皮肉を、全身で感じていても、サームはそれを口に出そうとせず、黙々として仕事にうちこんだ。

こうして、パルス暦三二一年が明けてから、ヒルメスは着々と私兵集団の編成をすすめ、武器と糧食をととのえた。いつになったら王都を出発するのか、ギスカールがいらだちはじめたころ、準備はようやく完了した。

二月末のころである。

II

地下牢《ディーマース》の奥は、一年中、ほとんど気温の差がない。ひんやりとした湿気が、そこにはいる者の皮膚をなでまわす。松明《たいまつ》や燭台《しよくだい》のあかりがとどかぬ場所には、黒々とした闇がわだかまり、牢死した人々の、声にならないうめきが、かびのはえた大気の底を対流しているようだ。

第十八代パルス国王《シヤーオ》アンドラゴラス三世は、ここに幽閉されてから、この二月で四か月になる。

毎日のように拷問《ごうもん》があった。何かを聞きだすための拷問ではなく、肉体を傷つけ、王者としての誇りを汚《けが》すため、鞭でなぐり、焼けた鉄串《てつぐし》を押しつけ、傷口に塩水をかけ、針を刺すのだった。

アンドラゴラスの容貌《ようぼう》は、いまや半獣人を思わせるものと化していた。ひげも髪も伸び放題で、むろん入浴もしていない。

かつての王者の前に、思いもかけない来訪者があらわれた。ひそやかに闇のなかを歩んできた人物は、うやうやしく虜囚《りょしゅう》に頭をさげたのである。

「おひさしゅうございます。陛下」

その声は、低く、沈痛だった。アンドラゴラスは目をあけた。長い監禁と拷問の日々にもかかわらず、その眼光は、力をうしなってはいなかった。

「サームか……」

「さようでございます。陛下より万騎長《マルズバーン》の地位をたまわりましたサームでございます」

「そのサームが、何をしにきた」

助けに来た、と、即断して、大喜びしたりしないのが、アンドラゴラスのすごみであろうか。サームは小心者でも臆病者でもないのに、アンドラゴラスの全身から異様な威圧感をうけた。

彼は、たしかに、アンドラゴラスを救出にきたのではなかった。武器もたずさえていない。拷問吏たちを買収して、わずかに、面会の時間をもらったのだ。サームの武勇をもってすれば、拷問吏たちを斬りちらして、地下牢《ディーマース》を脱出することは不可能ではないだろう。だが、傷ついた国王《シャーオ》の身をかかえて王都を出ることはできそうにない。

くわえて、自分の背中に拷問吏たちが、矢をむけているのを、サームは知っていた。

「陛下にうかがいたいことがあって参上いたしました」

「何を聞きたいというのだ？」

「陛下には、おわかりではございませんか、私めのうかがいたいことが」

「何を聞きたいのだ？」

うそぶくように、アンドラゴラスはくりかえした。

「十七年前の一件でございます」

パルス暦の三〇四年五月、第十七代国王《シャーオ》オスロエス五世が不審な急死をとげた。そして、弟であったアンドラゴラスが登極《とうきょく》した後、オスロエスの王子ヒルメスが焼死した――ということになっている。成人してサームの前にあらわれたヒルメスは、アンドラゴラス三世が兄王オスロエス五世を弑《しい》して、自らが王位についたのだ、と断言した。ヒルメスが顔の半分を焼けただらせるにいたった火事も、失火などではなく、アンドラゴラスが火を放たせたのだ、とも。

「陛下、臣たる者の分《ぶん》を犯して、あえてうかがいます。十七年前、陛下は、オスロエス王を弑逆《しいぎゃく》なさったのですか」

「…………」

「兄王を殺害して、王位を簒奪なさったのですか。そして、ヒルメス王子をも焼き殺そうとなさったのですか」

「それを聞いてどうする?」

アンドラゴラスの声に動揺はない。むしろひややかにあざける調子すらある。

「私は戦う以外に能のない男です。それが王家の恩寵をいただき、万騎長《マルズバーン》などという名誉ある地位にしていただきました。私は王家にご恩があります。また、口はばったい申しあげようながら、このパルスという国に愛着がございます。ゆえに、私の迷妄《めいもう》を陛下にさましていただきたいと思い、うかがうしだいです」

幾度か間をおきながら、サームが語るうち、アンドラゴラスの目から冷笑の色が消えた。

「サームよ、わしら兄弟の父たるゴタルゼス大王陛下は、まず、名君と呼ばれるにふさわしい方であった。だが、ひとつだけ、廷臣《ていしん》たちが眉をひそめる欠点があった。おぬしも承知しておるだろう」

「は……」

サームは了解した。ゴタルゼス大王は、分別もあれば勇気もあり、貴族《ワズルガーン》には公正で奴隷《ゴラーム》には慈悲深い、といわれる人だったが、欠点がただひとつ、やたらに迷信深かったのだ。晩年にはそれが病的になった。あとをついだオスロエス五世にも、父王ほどではなかったが、予言や占星術を気にするところがあった。

「ゴタルゼス大王陛下はな、若いころに、ある予言を受けたのだ」

「……それは」

「パルスの王家は、ゴタルゼス二世の子をもって絶える。そういう予言だ」

サームは一瞬、呼吸をとめた。アンドラゴラス王は、むしろあわれむように彼を見やり、低い声で語りつづけた。

パルスの王家は、ゴタルゼス二世の子をもって絶える――

そのおそろしい予言を信じたゴタルゼス二世は、惑乱《わくらん》した。信じなければよいのに、信じてしまったものだから、対策を立てなければならなくなった。彼は理性を失った頭で、考えぬいた。

その結果、彼がまずやったことは、王妃との間に生まれたふたりの息子に、オスロエスとアンドラゴラスという名をつけることであった。これまで、アンドラゴラスという名の国王《シャーオ》は、かならず、オスロエスという名の国王の後に即位している。だから、オスロエスがたとえ早死しても、王位は弟アンドラゴラスに受けつがれる。そういうねらいからであった。結果としては、まさにそのとおりになったのである。

アンドラゴラスの下に、弟は生まれなかった。ということは、アンドラゴラスをもって、パルスの王統は絶えるのか。ゴタルゼスはあきらめきれなかった。そこへ、さらにべつの予言がもたらされた。彼の長男オスロエスの妻に子が生まれれば、アンドラゴラス以後もパルスの王統はつづくかもしれない。ただ、それは、あくまでもゴタルゼス自身の子でなくてはならない……。

「そ、それではヒルメス殿下は……」

サームは絶句した。ヒルメスは、オスロエス五世の息子ではなく、弟であるというのか。まことの父親はゴタルゼス二世であるというのか。王位をつぐべき自分の息子の数をふやすため、ゴタルゼス王は自分の息子の妻と通じて、子を生ませたというのであろうか。

おそろしさとおぞましさとに、サームは、冷たい汗が鼻の横を伝い落ちるのを、しばらくは気づかなかった。

「べつにおどろくことはなかろう。地上に、清浄な王家などありはせぬ。古い王家ほど血がよどみ、汚物がたまるものだ」

アンドラゴラスの声には、どこか、突きはなすようなひびきがある。他人《ひと》ごとのように考えているようすすらあった。サームは冷汗を手の甲でぬぐい、呼吸をととのえた。もう何も聞きたくない気分だったが、いまひとつ知りたいことができていた。

「それでは、アルスラーン殿下はいかがなのでございますか」

「アルスラーンか……」

アンドラゴラス王の表情が、ひげと傷のなかで、わずかに変わった。そのまま沈黙しているので、サームが語をついだ。

「アルスラーン殿下は、陛下とタハミーネ王妃との間に生まれた御子。あの方は、そのような予言のなかで、どのような役割を背おわれたのでございますか」

アンドラゴラスの沈黙は、なおもつづいた。サームもまた沈黙していた。質問した彼自身が、ひどい疲労を感じていた。ようやく、アンドラゴラスの口がひらきかけた。

「わしとタハミーネとの間には、たしかに子が生まれた。だが……」

「だが？」

サームが問い返したとき、あわただしく壁をたたく音がした。拷問吏の長《おさ》が帰ってくるという合図である。その音は、アンドラゴラス王の口に、目に見えない錠をかけた。サームは立ちあがった。これ以上のことは聞き出せないことを感じた。彼はあらためて国王《シャーオ》に一礼した。

「陛下、いずれかならず、ここからお出しいたします。いまはお赦しください」

背をむけたサームに、アンドラゴラスが底びえするような声をかけた。

「サームよ、わしが言うたことを、そのまま信じたりせぬがよいぞ。わしは嘘をついておるのかもしれぬ。あるいは、わしは真実を語ったつもりでも、わし自身がすでに何者かにだまされておるのかもしれぬ。パルスの王家の歴史は、血と嘘とに塗りかためられておる。第十八代国王《シャーオ》たるわしが言うのだから、まちがいないわ」

耳をふさぎたい思いで、サームは、地下牢《ディーマース》の階段を登っていった。いくつかの角をまがり、扉をくぐって、ようやく地上に出たとき、サームは、冬の終りの陽光を、たいそうまぶしいものに感じた。同時に、自分の行くべき道が、さらに混迷の霧にとざされたことをさとったのである。

Ⅲ

銀仮面卿ことヒルメスがひきいる、パルス人だけの軍隊は、三月一日に王都を進発した。その兵力は、騎兵九千二百、歩兵二万五千四百。他に、糧食を輸送する人夫の一隊がつく。騎兵は、ザンデの亡父カーラーンにつかえていた者たちが中心であった。サームのもとの部下もいる。

三万以上の兵が集まるとは、ギスカールにも意外だった。わずかな不安をおぼえながら、彼は銀仮面らの出発を見送った。

王都を発して五日、ちょうどザーブル城への道半ばに達したころ、彼らは沿道の住民から、ある噂をきいた。

聖堂騎士団《テンペレシオンス》のなかで、ことに素行の悪い男たちが、ザーブル城を追放された。イアルダボート教に改宗した旅商人の一団をおそって、殺人と略奪をおこなったからである。追放された十五人ばかりの男たちは、大陸公路にほど近い山間に宿営し、完全に盗賊と化して、悪業のかぎりをつくしているというのだった。

ザーブル城に行く道のりの途中にあるなら、その盗賊どもを討ちとって血祭りにしよう。そうザンデが主張し、ヒルメスもうなずいた。

ところが、二日間、行軍をつづけると、噂の内容が変化した。十五人のルシタニア人の盗賊団は、つい先日あらわれた、たったひとりの旅人のために、全員斬殺《ざんさつ》されてしまったという。

サームに話をした農民は、すっかり興奮していた。

「いや、あんな強い男は、見たことがございません」

「それほど強いか」

「強いも何も、あんなに強い人間が、この世にいるとは思いませんでした。ひとりで十五人を殺し、自分はかすり傷ひとつ負わないのでございますから」

こうまで言われると、サームも興味を持った。

「どんな男だ」

年齢は三十歳をすぎたぐらい、筋骨たくましい長身の男で、左目がつぶれているという。甲冑はまとっていないが、褐色の馬に乗り、緑色の鞘におさめた大剣を腰にさげていた、と。サームには、思いあたるところがあった。その片目の男について、なるべく多くの、正確な話を集めさせた。

農民たちの話によると、片目の男は、このぶっそうなご時世に、やたらのんびりしたようすで村にあらわれたという。何でもえらい身分で、何百人かの部下を北方の村にあずけ、ひとりで旅をしていると自分では言っていたが、これはあまり信用できない。

近くの村々がルシタニア人の盗賊のために害をこうむっている、と聞くと、男は、自分ひとりでやっつけてやる、礼として酒と女をよこせ、と言い、ひとりで盗賊どもの宿営地に出かけていった。

翌日、片目の男は、馬に乗り、もう一頭の馬の手綱《たづな》をひいて、村にもどってきた。そちらの馬は、大きな麻の袋を三つひきずっていて、それぞれの袋には、盗賊どもの生首が五つずつはいっていたという。

農民たちは、盗賊どもの宿営地に押しかけて、奪われたものを完全にとりもどし、片目の男には約束どおり酒と食事と女をあてがった。三日たつと、男は、せまい村のなかでの人づきあいがめんどうになった、と言いおいて、家も女たちも置いて村を出て行ってしまった。

それがつい昨日のことである。近くの山中に洞窟《どうくつ》があるが、そこに馬をおいていたから、今日ぐらいまでは、その洞窟にいるかもしれない。あるいはもう、いずことも知れず、旅だったかもしれぬ。

「殿下、その者に心あたりがございますゆえ、会《お》うてまいります。殿下のお味方になれば、たのもしい男でございますれば」

そうヒルメスに言いおいて、サームはわずかに二十騎ほどの騎兵をつれ、男が住んでいるという洞窟へむかった。

大陸公路を見はるかす丘の中腹に、その洞窟は口をあけていた。付近には、金雀枝《えにしだ》や野生オリーブの繁《しげ》みがあった。近づくにしたがい、洞窟から外界へ流れでる歌声が聴こえてきた。歌は、なんとかうまいといえるていどのものだが、朗々たる声量は、みごとだった。

サームらが洞窟に近づくと、金雀枝の繁みのなかから、そうぞうしい鳴声がした。親子の野ねずみがいたのだ。繁みのなかには、乾肉やチーズのかけらがあった。この野ねずみの一家は、餌をもらって、洞窟の番をしているらしい。歌声がやんで、誰何《すいか》の声がした。

「他人の歌をただで聴こうという不埒《ふらち》者は誰だ？」

「クバード、半年ぶりだな。芸のないあいさつだが、元気そうで何よりだ」

「……ほう、サームか」

洞窟の入口に姿をあらわした片目の偉丈夫《いじようふ》は、白い歯をむきだしにして笑った。すると、荒けずりの精悍そうな顔に、少年っぽい表情がひろがった。

アトロパテネの敗戦以来、行方不明となっていたパルスの万騎長《マルズバーン》クバードであった。騎兵たちを待たせておいて、サームは、洞窟のなかにはいった。馬にはすでに鞍がおかれていた。出発寸前であったらしい。クバードは、洞窟の隅に丸めてあったカーペットをひろげ、麦酒《フカー》の壺《つぼ》をとりだした。

「まあ、すわってくれ。おぬしが生きていたとは、正直、思わなんだ。とすると、生きているやつらも、けっこう多いかもしれんな。おぬしといっしょにエクバターナを守っていたガルシャースフはどうした？」

「ガルシャースフは、勇敢に戦って死んだ。生恥《いきはじ》さらしているおれとは、大きなちがいだ」

自嘲まじりにサームが答えると、クバードは麦酒《フカー》の壺を手にして笑った。

「おぬしが卑下するのは勝手だが、おれはべつに生恥さらしているという気はないぞ。アトロパテネで生き残ったからこそ、酒も飲める、女もだける、気にいらないルシタニアのあほうどもをぶった斬ることもできるのだからな」

サームの前に青銅の杯《さかずき》をおいて麦酒《フカー》をみたし、自分は直接、壺に口をつけて飲みはじめた。酒豪として知られる男である。麦酒《フカー》など、水も同様であろう。サームは口をつけただけである。

「どうだ、クバード、おれはある御方につかえているのだが、ともにつかえぬか」

「そう言ってくれるのはありがたいのだがな……」

「いやか」

「他人につかえるのは、正直なところ、もうあきた」

クバードの言うことが、サームには、わからないでもない。人ぞ知る「ほらふきクバード」である。戦場では生々《いきいき》としていたが、宮廷では、いかにも窮屈そうだった。

ある宴席のとき、お高くとまった貴族の若君から、「血と汗と砂塵によごれ、空腹をかかえて戦場をうろつくのは、どんなご気分かな?」と問われたことがある。クバードは、いきなり貴公子の身体《からだ》をかかえあげて、広間の隅におかれていた麦酒《フカー》の大樽《おおだる》に放りこみ、

「まあ、たとえてみれば、こんな気分でござる。はやく入浴してさっぱりしたいもので……」と言ってのけたのだった。

「だからといって、おぬしほどの勇者が、やることもなく荒野をほっつき歩いているというのも、もったいない話ではないか」

「これはこれで、気楽ではあるのだがな。それより、サームよ、おぬしこそ、いま誰につかえているのだ。王都エクバターナが陥落したあと、国王《シャーオ》も王妃も行方不明になられたそうだが」

ふしぎそうに問われて、サームは、ほろにがく答えた。

「ヒルメス殿下におつかえしている」

「ヒルメス……？」

首をかしげたクバードが、その名に思いあたって、さすがに、わずかだが眉をひそめたようである。

「ヒルメスというのは、あのヒルメスか」

呼びすてにするのが、不羈奔放《ふきほんぽう》なクバードらしいが、それでも、口調には、多少の遠慮があるようだ。

「そうだ。あのヒルメス殿下に、いまおれはおつかえしている」

「生きておられたわけか。だとしても、奇妙なめぐりあわせだな。おぬしがヒルメス王子の部下にな」

なぜそうなったのか、とは、クバードは訊《き》こうとしなかった。複雑な事情や葛藤《かっとう》があったことをさとったからだろう。サームは、現在のパルスの状況を説明し、東方国境にアルスラーン王子が健在であるらしいと語った。

「すると、パルスの王家は、四分五裂して、血で血をあらうことになりそうだな。と聞けば、いよいよ、その争いに巻きこまれるのは、ばかばかしい。おれのことは忘れてくれぬか」

立ちあがりかけるクバードを、片手をあげてサームは制した。

「まあ待て、クバード、いずれの方がパルスの支配者となられるにせよ、ルシタニア人の暴虐な支配を、このままにしてはおけぬだろう。さしあたり、やつらをパルスから追いはらうために、おぬしの武勇を貸してはくれぬか」

クバードはもういちど眉をしかめ、カーペットの上にすわりなおした。空になった麦酒《フカー》の壺を、洞窟の隅に放りだした。しばらく考えこむ。気質は豪快で、ときには粗野に見えるが、若くして万騎長《マルズバーン》になった男である。けっしてばかではない。

「サームよ、ヒルメス王子には、おぬしがついている。で、もう一方のアルスラーン王子には、誰がついているのだ？」

「ダリューンとナルサス」

「ほう……!?」

片方だけの目を、クバードはみはった。

「それはたしかか？」

「ヒルメス殿下からうかがった。たしかなことらしい」

「ダリューンはともかく、ナルサスのほうは、おれ以上に宮廷づとめを嫌っていると思ったが、どう心境が変化したのかな。パルスの未来はアルスラーン王子の上にある、と、そう見たわけか」

「ナルサスにはそう思えたのだろうな」

王太子アルスラーンに対するサームの印象は、じつはそれほど深くない。アトロパテネへと出陣したとき、王太子は十四歳になったばかりだった。顔だちは悪くなかったし、気質もよいようだったが、何といってもまだ未熟な少年である。

アルスラーンには、ダリューンやナルサスのような男たちの忠誠心を刺激する資質があるのだろうか。そして、アルスラーンは、はたしてアンドラゴラス王の実の息子《むすこ》なのだろうか。あの少年の体内には、アンドラゴラス王がいう「王家のにごった血」が流れていないのだろうか。

考えこんだサームを、クバードは、片方だけの目で、興味ありげに見つめた。

「サームよ、おぬし、何を考えている？」

「何を、というと？」

「心の底からヒルメス王子に忠誠をちかっているのか」

「そう見えぬか」

「ふふん……」

クバードは、きれいに髯《ひげ》をそったあごをなでた。女と別れた洞窟ぐらしのくせに、また宮廷に出仕しているわけでもないのに、そんなことをしているのが、この男の奇妙なところである。

「そうだな、サーム、どうせいまやることもなし、おぬしに力を貸してみてもいい。だが、いやになったら、すぐに立ち去る。そういうことでどうだ」

Ⅳ

三月十日、ヒルメスのひきいるパルス軍と、聖堂騎士団《テンペレシオンス》とは、はじめて、戦闘をまじえることになった。

ザーブル城は、大陸公路から半ファルサング（約二・五キロ）ほど離れた岩山の上にある。この岩山というのが、平地からほとんど直立する断崖《だんがい》にかこまれていて、よじ登ることはまず不可能だ。岩山のなかをくりぬいて、長い長い階段と傾斜路が螺旋状《らせんじょう》につくられ、平地に面した出入口につづく。出入口には、鉄ばりの厚い扉が二重にもうけられている。だから、城にたてこもった軍隊が、出撃してこなければ、攻撃するがわとしては、気長に包囲するしかない。だが、ヒルメスは、最初から持久戦にもちこむ気はなかった。策をもちいて、聖堂騎士団《テンペレシオンス》をおびきだすつもりだった。

その日、ザーブル城にたてこもる聖堂騎士団の将兵は、平地に展開したパルス軍が、陣地の前に一本の旗を押したてるのを見た。それは黒地に銀色の紋章をつけた、イアルダボート教の神旗であった。おどろいて見まもる聖堂騎士団の人々の前で、神旗に火が放たれ、みるみる燃えあがった。それはむろん、神旗と同じようにつくられたべつの旗だったのだが、ルシタニア人たちの衝撃は大きかった。

「おのれ、神旗を焼くとは、罰あたりの異教徒どもが。八つ裂きにしてくれよう」

狂信者が怒りくるえば、用兵や戦術など、問題にされなくなる。瀆神《とくしん》の異教徒どもを、地獄にたたきこむべし！　大司教ボダンがそう命じると、将兵たちは、ただちに甲冑をま

と い、騎士は馬に乗って傾斜路を、歩兵は階段を、続々とおりていった。二重の扉をあけはなち、平地に陣をしく。

むろん、ヒルメスはそれを待ちかまえていたのである。

彼は味方を三隊に分け、左翼をサーム、中央隊をザンデに指揮させ、自分自身は右翼を統率した。片目のクバードは、左翼に配属された。サームとの関係からいえば、まず当然であろう。

「おぬしの出番はすぐ来る。すこしの間だけ見物していてくれ、クバード」

「見物する間、麦酒《フカー》が一杯ほしいな」

というのが、片目の男の返答だった。馬も甲冑も借りたものだが、それでもなお、威容はなみの騎士たちを圧している。

ラッパの音が鳴りひびき、戦いがはじまった。

聖堂騎士団《テンペレシオンス》は、長槍の穂先をそろえて突進してきた。

機動力よりも打撃力を重視した、重装騎兵の突撃である。かなりの重量感があった。

それに対し、パルス軍は、先《ま》ず弓箭隊《きゅうせんたい》でそれに対抗した。だが、聖堂騎士団《テンペレシオンス》の先頭の隊列は、馬まで甲をつけていた。飛来する矢にたいして損害もうけず、聖堂騎士団はパルス軍の陣地に押しよせ、割りこんだ。

殺戮《さつりく》がはじまった。

巨大な音響が、戦場を支配した。宙はとびかう矢に埋めつくされ、地は死体と流血におおわれ、その中間で、パルス人とルシタニア人が、斬りあい、突きあい、刺しあい、なぐりあった。血のにおいが戦場にみちた。

パルスの歩兵隊は、聖堂騎士団《テンペレシオンス》の圧力をささえかね、十歩、二十歩と後退した後、半ばくずれるように後方へ走りだした。聖堂騎士団は、いきおいづいた。口々に、イアルダボート神の名をとなえながら、馬を駆って追撃をはじめた。砂塵がまいあがり、空の下半分をおおいつくす。

そのとき、ヒルメス自身のひきいる右翼部隊が、突進をつづける聖堂騎士団の側面に、つっこんでいった。一本の鉄の大河に、もう一本の鉄の急流がおそいかかっていくように見えた。

聖堂騎士のひとりが、ぎょっとして顔をあげたとき、ヒルメスの銀仮面と長槍とが、同時にかがやいた。聖堂騎士は、ヒルメスの長槍に完全に胴を突きぬかれ、声もたてずに絶命した。彼の生命を奪った槍の穂先は、そのまま直進して、もうひとりの騎士の脇腹に突きたった。

ここでヒルメスは槍をすてて剣を抜き、撃ちかかってきた聖堂騎士の横面に、刃をたたきこんだ。騎士は、鞍上《あんじよう》からふきとび、血のかたまりと化した顔面を、砂につっこんだ。

「いまだ、クバード、たのむ」

サームに言われて、ひさしぶりに甲冑をまとった片目の騎士は、無言でうなずいた。パルス軍の中央を突破したルシタニア人の騎士たちが、赤灰色《せきかいしよく》の砂を馬蹄に蹴ちらしつつ、丘の斜面を駆けあがってくる。その先頭にたった騎士ふたりが、丘の上に躍りあがって、「イアルダボート神に栄光あれ」と叫んだ。

その瞬間、クバードの大剣が宙にうなった。

音たかく血しぶきがはねて、聖堂騎士ふたりの頭部が、冑をかぶったまま、胴から飛びさった。二個の生首が、血をまきながら砂にたたきつけられる。ルシタニア人の間から、恐怖と怒りの叫びがおこった。

クバードは馬の腹を蹴って、敵中に躍りこみ、右に左に、ルシタニア人たちをなぎはらった。重い大剣は、信じられないほどの速度でひらめきつづけた。馬上のクバードは、掌《てのひら》から雷光を放つティシュトリヤ神の化身のようにすら見えた。

血まみれの通路を戦場につくりあげると、クバードは馬首をひるがえし、ふたたび敵中につっこんだ。あたらしい流血の道が、大剣のひと振りごとに、きりひらかれた。クバードの剛力《ごうりき》は、ルシタニア人たちの盾を撃砕し、甲冑を斬り裂いた。砂上にまかれた鮮血は、たちまち吸いこまれて、大地の一部となった。

動揺するルシタニア人たちにむかって、サームの指揮するパルス軍が全軍突撃をおこなった。

馬がいななき、金属どうしがぶつかりあってひびきをたてる。勝者の怒号と敗者の悲鳴が連続してわきおこり、ルシタニア人たちは、ついにパルス人たちのために敗走した。

聖堂騎士団《テンペレシオンス》は、二千をこす死体を残して、ザーブル城へ逃げこんだ。二重の門扉《もんぴ》をかたくとざし、そびえたつ岩山の奥に身をひそめてしまったのだ。

「これで当分は出撃してくるまい。持久戦にもちこむつもりだろうが、策はある。よくやってくれた、クバード」

敵の返り血に、甲冑を赤く染めあげたサームが、クバードを賞賛した。クバードが、大剣を鞘におさめて、何か答えかけたとき、ザンデをしたがえたヒルメスが馬を寄せてきた。銀色の仮面の奥から、鋭い眼光が、クバードの顔に射こまれてきた。

「クバードというのは、おぬしか」

「はあ……」

あまり鄭重とはいえない返答に、ザンデが目をむいた。

「礼節を守らんか！　この御方は、パルスの正統な国王《シャーオ》であるヒルメス殿下だぞ」

「国王《シャーオ》というなら、呼称は殿下ではあるまい。陛下ではないのか」

皮肉でザンデをだまらせておいて、クバードは、ヒルメスの銀色の仮面を見つめた。右の目に、うさんくさげな表情が浮かんでいる。

「ヒルメス殿下、あなたがまことにヒルメス殿下であるとして、なぜそのように人目をはばかり、顔をかくしておいでなのですかな」

無礼きわまる質問だったが、質問した当人は、その無礼さを意識していた。銀仮面の表面に、怒気《どき》の陽炎《かげろう》がゆれるのを見ぬいて、にやりと笑う。

「おれも目がひとつしかない面をさらしているのだから、殿下も、そうなさってはいかが？よき国王《シャーオ》たるの資格は、顔ではござるまいに」

「クバード……！」

サームが低く叫んだ。彼は、クバードが、いわばけんかを売っていることに気づいたのだ。以前から、気にくわないとなれば、国王《シャーオ》にさえ、そっぽをむく男だった。アンドラゴラス王の不興を買ったことも、一度や二度ではないが、そのつど、武勲をたてては宮廷に復帰していた。

ヒルメスは、銀仮面ごしに、けわしい眼光でクバードの顔を突き刺した。

「サームの友というにしては、礼節を知らぬやつ。求めて王者の怒りを買いたいか」

　クバードはわざとらしく、ため息をついた。視線を旧友にむけ、この上なくはっきりと言ってのける。

「サームよ、おぬしには悪いが、どうもおれはこの方と性があいそうにない。アトロパテネで敗れたおかげで、せっかく手に入れた自由の身だ。もうすこし、このままでいたい。これでお別れということにしよう」

「クバード、短気はよさぬか」

　サームの声に、ヒルメスの怒声がかぶさった。

「放っておけ、サーム。本来なら国王《シャーオ》への非礼、車裂《くるまざ》きにしてやるところだ。が、サームに免じて、今回だけは見のがしてやる。二度とその不愉快な面を、おれに見せるな」

「ご寛容感謝いたします、ヒルメス殿下。パルス人どうしで血を流すのは、たしかにやめにいたしたいところですな」

　言いすてて、クバードは馬からおり、甲冑をぬぎはじめた。傍若無人に、冑や胸甲をつぎつぎと地に放りだす。近づいたサームに、それでも声をひそめて問いかけた。

「おぬしはどうするつもりだ。このままヒルメス殿下の幕営《ばくえい》に身をおくか」

「アルスラーン殿下には、ダリューンとナルサスがついている。ヒルメス殿下にも、せめておれぐらいがついてさしあげなくては不公平だろう。いや、おれなど微力きわまる身だが……」

甲冑を完全にぬぎ終えると、クバードは平服に大剣をさげただけの姿で、ふたたび馬上の人となった。

「おぬしも苦労しそうだな。ヒルメス殿下はともかく、おぬしの武運は祈るとしよう。もっとも、おれは不信心者ゆえ、神々にはかえって逆効果かもしれぬがな」

一笑し、ヒルメスに馬上で頭をさげると、すぐさま馬首をめぐらした。長居は無用というところである。

一ファルサング（約五キロ）ほど行ったところで、クバードは振りむいた。追手はかかっていなかった。あるいはサームが制止してくれたのだろうか。

「……ちと、気が短かったか。考えてみれば、アルスラーン王子のほうと性があうという保証もないしな」

麦酒《フカー》をみたした革水筒《かわすいとう》をとりだし、口をつけたクバードは、風にむかって、にやりと笑った。

「まあいい、気に入らなかったらそこもとび出すだけのことだ。長くもない人生、気にくわぬ主君につかえてすりへらすぐらい、くだらぬ生きかたはないからな」

片目の偉丈夫は、麦酒《フカー》の革水筒を片手に馬を進めながら、大声で歌をうたいはじめた。

朗々たる歌声と、馬蹄のひびきは、無人の荒野をゆっくりと東へ移動していった。

V

パルス国の東部一帯に、二十年ぶりといわれる大きな地震が発生したのは、三月二十八日の夜中のことである。

震動は、カーヴェリー河の水面をこえて、シンドゥラ国の西部にもおよんだ。各処で崖《がけ》がくずれ、地にひび割れが生じ、貧しい人々の家が倒壊した。

ペシャワール城塞も揺れた。地に建っている以上、当然のことではあるが。

揺れはかなり大きなもので、アルスラーンも寝台から飛びおき、厩舎《きゅうしゃ》ではおびえた馬たちが暴れだして、蹴られた兵士が肋骨《ろっこつ》をおった。いくつかの燭台がたおれ、火事さわぎが持ちあがったが、いずれも消しとめられた。城壁や城館は、さすがにびくともしなかった。

重傷者が一名、その他、棚から落ちた瓶で頭をうったり、たまたま酔っぱらって歩いていて階段からころげ落ちたりで、幾人かの軽傷者が出た。城内の被害はそのていどですんだが、偵察に出た騎兵たちが、気になる報告をもたらした。

「デマヴァント山の周辺で、地震の被害はひときわ大きく、山容《さんよう》すら変化したとのことでございます。山に近づこうとこころみたのですが、道は落石や崖くずれで通れず、風雨もはげしく、とても近づけませなんだ」

「デマヴァント山が？　そうか……」

アルスラーンは奇妙な不安を感じた。

デマヴァント山は、三百年の昔、英雄王カイ・ホスローが蛇王ザッハークを地底に封印したといわれる地である。ペシャワールの城塞へむかって旅をする途中、デマヴァント山を遠くに見たアルスラーンは、何かえたいの知れない妖気にとらわれる思いがしたのだ。それを思いだし、アルスラーンは、平静でいられない気分だった。

「殿下、どうせわれらは西へむけて軍を進めます。お気になさるのであれば、その途中、くわしく調べることにいたしましょう」

ダリューンのことばにアルスラーンはうなずいた。

彼は知りようもなかった。そのころ、ペシャワールを遠く離れた王都エクバターナの地下で、暗灰色《あんかいしょく》の衣の男が弟子たちにむかって、喜悦《きえつ》の声をもらしていることを。

「……アルスラーンの孺子《こぞう》めも、ペシャワールの城内に土竜《もぐら》のようにこもっておれば、長生きできようものをな。思うたより、蛇王ザッハークさまの再臨は早まりそうじゃ。お迎えの準備をおこたるでないぞ……」

だが、たとえそのことばを聞いたとしても、アルスラーンは、引きさがるわけにはいかなかった。

いま彼のもとに、ダリューン、ナルサス、ギーヴ、ファランギース、キシュワード、エラム、アルフリード、ジャスワント、そして二十名の千騎長がいる。彼らの支持と協力をえて、アルスラーンは、パルスの国と民を解放する戦いにのぞもうとしていた。

パルス暦三二一年三月末。

ペシャワール城にある王太子アルスラーンの名において、ふたつの、歴史上重大な布告《ふこく》が発せられる。ともに、文章は、ダイラムの旧領主ナルサスの手になるものである。

ひとつは、「ルシタニア追討令」であり、パルス全土に檄をとばしたものである。故国を侵略したルシタニア人を追いはらうために、すべてのパルス人は王太子アルスラーンのもとに結集せよ、というのであった。

いまひとつは、「奴隷《ゴラーム》制度廃止令」である。これはアルスラーンが国王《シャーオ》として即位した後、パルス国内の奴隷《ゴラーム》をすべて解放し、人身売買を禁止することを、明快につげるものであった。

いずれにしても、このふたつの布告によって、アルスラーンは自分の立場をはっきりと宣言した。政治的に、軍事的に、また歴史的に。彼は、英雄王カイ・ホスローの建国以来、パルスにおいてはじめて、異国の侵略支配と、自国の旧制度から、人と土地を解放する為政者となろうとしている。

アルスラーンは十四歳と六か月。彼の前には、彼が知っているいくつかの謎と、彼が知らない何十もの謎が立ちはだかっていた。それらを克服したとき、彼は、「解放王アルスラーン」の名を後世に伝えることになるであろう。

解説――面白い物語の部品

森《もり》福《ふく》都《みやこ》
（作家）

平成八年一月二十日第三十二版発行。私が所有している旧版の「アルスラーン戦記」九冊の奥付を調べてみると、もっとも新しい日付はこうなっている。おそらくこの年の、読書にはうってつけの爽やかな季節に、私は第一巻「王都炎上」を購入したはずだ。「銀河英雄伝説」は既に読んでおり、同じ著者の作品を少なからぬ期待を抱いて手に取ったに違いないが、そのあたりの記憶はあいまいだ。

鮮明に覚えているのは、そこから始まる連日の本屋通いである。

まず初日に第一巻を読み終えると、翌日には第二巻と第三巻を買って一気読み。翌々日は開店と同時に書店に駆け込むと、第四巻、第五巻、第六巻を手に入れていそいそと帰宅。寝食を忘れて読み耽《ふけ》る。そして、そのまた翌日にも第七巻、第八巻、第九巻について同じことの繰り返し。

つまるところこの物語が面白くて面白くて、主人公とその仲間をこの先どんな運命が待ち受けているのか知りたくて知りたくてたまらなかったのだが、同時に九冊を全て読み終えてしまうのが残念で残念で仕方なくもあった。三日目の時点で残り六冊を〝大人買い〟しなかったのは、落とすに落とせない読書スピードを〝買い出し〟の手間を挟むことでコントロールして、楽しい時間の終わりを先延ばしにしたかったのである。

本来、読書の喜びとはこういうものだったはずだ。

図書館に入り浸って「三銃士」や「紅はこべ」や「アイヴァンホー」や「南総里見八犬伝」を夢中になって読んでいた小学生の頃――。当時と同質の興奮を久々に蘇らせてくれたのが、この「アルスラーン戦記」だった。

とはいえ本の中にどっぷりと浸りきってハラハラワクワクしているだけの子供の読み方と、小説という名の造り話を大真面目で書いている／書こうとしている大人の読み方には、おのずと違いがある。

どうしてこの物語はこんなに面白いのだろう？

物語を面白くしている「部品」はいったい何なんだろう？

その「部品」をどんなふうに組み立ててゆけば、このめくるめくワクワクハラハラの発生装置＝面白い物語が出来上がるのだろう？

本屋へと向かう道すがら考えずにはいられなかった謎を、あれから十数年経った今も私は考え続けている。

「部品」のひとつは多彩な登場人物群だとわかってはいるが、工業製品と違って一つとして同じものがないのが物語の世界だ。たとえば――

ステレオタイプの勇者像など薬にしたくもない王太子一派

架空とはいえ英雄譚であり壮大な興国《こうこく》の叙事詩であるというのに、勇猛かつ高潔な英雄然とした王族や騎士が一人としていない。主人公のアルスラーンからして、心延《こころば》えこそ素直で優しいものの未熟で頼りないかぎりだ。唯一、ダリューンは正統派ヒーローの気質とルックスを備えているが、あのナルサスと親友であるという時点でそれも台無し？である。

思わず肩入れしたくなるチャーミングな敵方の面々

全身これポジティブシンキングなラジェンドラの憎めなさはいまさら言うまでもないが、

私のお気に入りは何といってもルシタニアの王弟ギスカールだ。才幹溢れる苦労人の八面六臂の活躍ぶりには、毎度毎度感心しつつも涙を誘われる。

そして忘れてはならないヒルメス殿下。この巻ではまだ恨みつらみで凝り固まったヒステリックで根暗なアンチヒーローだけれども、巻を追うにつれどんどん味のある敵役に成長してくれるので乞うご期待。


背筋が凍るほど強大で不気味な絶対悪にして最大の敵

その柔和なお人柄からするとたいへん意外だが、田中芳樹氏はザッハークとその配下の魔道士のような悪の権化《ごんげ》の描写が得意であるばかりか、楽しんで描いているようにすら見受けられる。実際に理不尽極まりない悪意の塊と対峙した経験がおありなのか、それとも知識と想像の産物なのかは不明だが、嬉々として悪に命を吹き込む田中氏自身と、氏が生み出してきた一筋縄ではゆかないキャラクターたちが、二重写しに見えなくもない。

しかし、エキセントリックな登場人物が目白押しならば、物語が面白くなるかといえばそれは違う。大切なのは相互作用だ。アルスラーンとナルサス、ナルサスとダリューン、ヒルメスとアンドラゴラス三世、ギスカールと兄王イノケンティス七世、ギスカールとボダン、アルスラーンとラジェンドラ……数え上げればきりがないが、彼らの関係がもたらす相互作用こそが、物語の強力な推進力なのだ。

いささか乱暴な言い方かもしれないが、相互作用をもたらす登場人物が多ければ多いほど、物語は厚みを増して面白くなってゆく。相互作用によって増えた選択肢の中から物語の造り手は最良の道を選ぶことができるからだ。そして、田中氏の長編小説はほぼ例外なく登場人物がめっぽう多い。

ところで、本文中でナルサスはこんなことを言っている。

「右か左か、というやりかたは、ナルサス流ではございません。右に行けばこうなる、左へ行けばこうなる、それぞれの行末について考えておくのが私のやりかたです」

「アルスラーン戦記」には幻となったストーリーが多次元宇宙のように存在しているかもしれない。そうだとしたら厳しい淘汰を経て上梓された〝決定版〟「アルスラーン戦記」は最高に面白くて当然である。

++++++++++

ここで「筆をおく」つもりが、どうしても書き加えたいことができてしまった。「銀河英雄伝説」@TAKARAZUKAを観てきたのだ。言わずと知れた田中氏の最高傑作の宝塚歌劇版である。

宇宙を舞台にした大長編を手際よくまとめた出色の舞台で、ラインハルトはひたすら凛々しく美しく、キルヒアイスもヤンも原作の雰囲気をよく伝えていた。

「銀河英雄伝説」で可能なら「アルスラーン戦記」も宝塚で演《や》れるのでは？

思わず夢を膨らませてしまった私を誰が責められようか。

ただし問題は誰を主役に据えるか、である。

宝塚のお約束として少年のアルスラーンは不適当だ。では、ナルサスかダリューンということになるが、ナルサスの場合はお相手の娘役がアルフリードではいささか力不足、ダリューンに至っては恋人候補すらいないのだから致命的だ。

そこで大変にアクロバティックではあるが、主役には我が愛しのギーヴを推したい。

狂言回し的にアルスラーンの成長とその配下の奮闘を見守る一方で、ギーヴ自身の見せ場もたっぷりあるのだから十分に主役の器だ。ぜひ、ウイットに富んだ洒落者《しゃれもの》のトップに演じていただきたいものだ。

そして、娘役はもちろんファランギース。全田中作品中で私が最も愛している女性である。

この二人の場合、睦言《むつごと》の代わりに皮肉と軽口の応酬、ラブシーンの代わりに弓矢を取っての戦闘だが、宝塚史上で最も斬新かつ華麗なカップルになると確信している。

「アルスラーン戦記」＠ＴＡＫＡＲＡＺＵＫＡ　いかがなものだろうか？

●一九八七年九月　角川文庫刊
●二〇〇三年五月　カッパ・ノベルス刊（第四巻『汗血公路』との合本）

光文社文庫

落《らく》日《じつ》悲《ひ》歌《か》　アルスラーン戦記《せんき》③
著者　田《た》中《なか》芳《よし》樹《き》

2012年12月20日　初版1刷発行
2015年2月20日　5刷発行

発行者　鈴木広和
印刷　豊国印刷
製本　ナショナル製本

発行所　株式会社　光文社
〒112-8011　東京都文京区音羽1-16-6
電話　(03)5395-8149　編集部
8116　書籍販売部
8125　業務部

落丁本・乱丁本は業務部にご連絡くだされば、お取替えいたします。
ISBN 978-4-334-76509-5　Printed in Japan

組版　豊国印刷

お願い　光文社文庫をお読みになって、いかがでございましたか。「読後の感想」を編集部あてに、ぜひお送りください。

このほか光文社文庫では、どんな本をお読みになりましたか。これから、どういう本をご希望ですか。

どの本も、誤植がないようつとめていますが、もしお気づきの点がございましたら、お教えください。ご職業、ご年齢などもお書きそえいただければ幸いです。当社の規定により本来の目的以外に使用せず、大切に扱わせていただきます。

光文社文庫編集部

◇◇◇◇◇◇◇◇◇◇◇光文社文庫　好評既刊◇◇◇◇◇◇◇◇◇◇◇

王都炎上　田中芳樹
王子二人　田中芳樹
落日悲歌　田中芳樹
汗血公路　田中芳樹
征馬孤影　田中芳樹
風塵乱舞　田中芳樹
王都奪還　田中芳樹
女王陛下のえんま帳　田中芳樹　垣野内成美　らいとすたっふ編
嫌妻権（新装版）　田辺聖子
スノーホワイト　谷村志穂
娘に語る祖国　つかこうへい
ペガサスと一角獣薬局　柄刀一
ifの迷宮　柄刀一
翼のある依頼人　柄刀一
いつか、一緒にパリに行こう　辻仁成
マダムと奥様　辻仁成
愛をください　辻仁成

人は思い出にのみ嫉妬する　辻仁成
日本・マラソン列車殺人号　辻真先
青空のルーレット　辻内智貴
セイジ　辻内智貴
サクラ咲く　辻村深月
盲目の鴉（新装版）　土屋隆夫
悪意銀行　ユーモア篇　都筑道夫
暗殺教程　アクション篇　都筑道夫
翔び去りしものの伝説　SF篇　都筑道夫
三重露出　パロディ篇　都筑道夫
探偵は眠らない　ハードボイルド篇　都筑道夫
魔海風雲録　時代篇　都筑道夫
女を逃すな　初期作品集　都筑道夫
アンチェルの蝶　遠田潤子
文化としての数学　遠山啓
指哭　鳥羽亮
赤の連鎖　鳥羽亮

◇◇◇◇◇◇◇◇◇◇◇光文社文庫　好評既刊◇◇◇◇◇◇◇◇◇◇◇

趣味は人妻　豊田行二
野望課長　豊田行二
一夜妻　豊田行二
野望秘書（新装版）　豊田行二
野望契約（新装版）　豊田行二
野望銀行（新装版）　豊田行二
中年まっさかり　永井愛
グラデーション　永井するみ
戦国おんな絵巻　永井路子
ベストフレンズ　永嶋恵美
ぼくは落ち着きがない　長嶋有
罪と罰の果てに　永瀬隼介
びわこ由美浜殺人事件　中津文彦
暗闇の殺意　中町信
偽りの殺意　中町信
蒸発（新装版）　夏樹静子
Wの悲劇（新装版）　夏樹静子

目撃（新装版）　夏樹静子
霧氷（新装版）　夏樹静子
光る崖（新装版）　夏樹静子
独り旅の記憶　夏樹静子
見えない貌　夏樹静子
冬の狙撃手　鳴海章
雨の暗殺者　鳴海章
死の谷の狙撃手　鳴海章
第四の射手　鳴海章
テロルの地平　鳴海章
静寂の暗殺者　鳴海章
夏の狙撃手　鳴海章
路地裏の金魚　鳴海章
彼女の深い眠り　新津きよみ
悪女の秘密　新津きよみ
巻きぞえ　新津きよみ
帰郷　新津きよみ

日本ペンクラブ編 名作アンソロジー

唯川　恵 選
こんなにも恋はせつない
〈恋愛小説アンソロジー〉

江國香織 選
ただならぬ午睡
〈恋愛小説アンソロジー〉

浅田次郎 選
人恋しい雨の夜に
〈せつない小説アンソロジー〉

光文社文庫

不滅の名探偵、完全新訳で甦る！

新訳 アーサー・コナン・ドイル

シャーロック・ホームズ全集〈全9巻〉

THE COMPLETE SHERLOCK HOLMES
Sir Arthur Conan Doyle

シャーロック・ホームズの冒険

シャーロック・ホームズの回想

緋色の研究

シャーロック・ホームズの生還

四つの署名

シャーロック・ホームズ最後の挨拶

バスカヴィル家の犬

シャーロック・ホームズの事件簿

恐怖の谷

*

日暮雅通＝訳

光文社文庫